自媒體時代，
人人都需要「寫作力」

從零開始學寫作

弘丹——著

前言

隨著各大自媒體平臺的興起，加入自媒體寫作浪潮的人越來越多，我們進入了「寫作時代」。在「寫作時代」，每個人都應該學會清晰、簡潔地表達自己的思想。寫作不是作家的專屬，是每個人都應該掌握的基本技能。

可能很多人覺得，寫作是件遙遠的事，和自己沒有多大關係。有些人甚至妄自菲薄，覺得自己肯定沒有寫作的能力，進而喪失了一次跨越升級的機會。根據我的經驗，只要你有自己的特長、愛好，都可以寫作。比如，你擅長攝影、繪畫、程式設計，或者是一位經驗豐富的心理諮商師、育兒專家等。這些都需要實踐才能做好，而實踐中會有獨到的心得體會，這是很珍貴的經驗，可以通過寫作來傳播自己獨一無二的經驗。

在我看來，堅持寫作是個人增值的有效方法，至少可以從三個方面實現個人增值。

1. 提升思考能力，完善知識體系

寫作是思考的呈現，堅持寫作，能夠不斷提升自己的思考能力。寫作的過程也是隱性知識顯性化的過程，能夠完善自己的知識體系。

2. 提升個人品牌，擴大自己的影響力

寫作是提升個人品牌非常好的方式，一些人原本是行業內默默無聞的人，通過寫作被更多人認識，甚至有些人通過寫作成為自媒體大咖或行業內的領軍人物。通過寫作，你可以用文字跟成千上萬人溝通，也有機會與全國各地甚至全世界的人交朋友。

3. 通過寫作提升收入

在自媒體時代通過寫作提升收入並不是一件很難的事情。有些人甚至辭去工作，成為自由寫作者，還有一些大咖通過寫作實現了財務自由。

為了幫助寫作愛好者克服寫作障礙，成為出色的寫作者，本書全面闡述了寫作的各個過程。從心理層面講述了如何克服寫作的五大障礙、如何度過寫作瓶頸期、如何克服寫作拖延症；從技巧層面以標題、開頭、結尾、框架等詳細解剖一篇文章的各個部分；從創作方法層面介紹了寫作六步法、自媒體創作十法，以及修改文章五步法；從寫作日常積累層面介紹了如何蒐集素材、如何豐富詞彙量；從工具層面介紹了寫作六大工具；從習慣養成層面介紹了培養習慣的三個階段、斜槓青年寫作時間和精力管理。

#本書特色

1. 內容全面

本書涵蓋了寫作的方方面面，從寫作的心理層面、技巧層面、創作方法層面、寫作日常積累層面、寫作工具層面，以及時間精力管理層面等方面做了詳細介紹。

2. 可操作性強

本書由淺入深地介紹了寫作各個層面的技能和方法，幫助初學者從零開始寫作，愛上寫作，並不斷精進寫作技能。

3. 克服寫作障礙

大多數寫作初學者首先需要解決的是寫作的自信心問題，然後才是解決寫作技巧的問題。本書運用心理學知識，幫助初學者克服害怕寫作的障礙，真正動筆寫起來。

4. 案例眾多

書中列舉了上百個案例，在寫作初期，即使模仿操作，也能獲得不錯的效果。

#本書讀者對象

本書實用性強、案例豐富，既是寫作愛好者的寫作寶典，又是寫作教練及語文老師的實用手冊。

- 寫作初學者。
- 有一定寫作基礎，想要精進寫作技能的人員。
- 各類寫作培訓的學員。
- 未來從事自媒體寫作的人員。
- 從事寫作培訓和語文教育的老師。
- 想通過寫作提升個人品牌的人員。
- 夢想出版一本書籍的人員。

・需要寫作入門工具書的人員。
・其他對寫作有興趣愛好的各類人員。

＃致謝

本書的完成，離不開在各方面給予我支持和幫助的人們，請允許我在這裡向他們表示感謝。

首先，我要感謝「二十一天愛上寫作訓練營」的學員們，是你們對寫作的熱情深深感染了我，你們對精進寫作技能的渴望，讓我萌生了寫作本書的念頭，你們的提問激發了我寫作的靈感。同時，我要感謝「青橙學院」的小夥伴們一起幫我實現「影響十萬人從零開始寫作」的願望，我們都相信寫作帶來的力量，希望更多人加入寫作的行列，因為寫作是通往精神的自由之路。感謝我的先生徐超，感謝他的陪伴和支持。在我遇到寫作瓶頸時鼓勵我，在我寫作痛苦時無條件地陪伴我。他在二〇一八年三月出版了《React 進階之路》一書，深深鼓舞了我。感謝我腹中的寶寶小豆豆，他的到來讓我變得更加堅強和勇敢，也讓我更熱愛生活。還要感謝我的編輯們，正是緣於他們的主動聯繫，才讓我寫書的念頭變成行動。他們給本書提供了非常寶貴的修改意見，讓本書更加完善。他們認真負責的工作態度，保證了本書的順利問世。最後，我要感謝閱讀本書的你，感謝你的信任及對寫作的熱愛。讓我們一起愛上寫作，一生筆耕不輟！

弘　丹

二〇一八年二月十日於上海

目錄 Contents

自序

寫作本書時我正在一萬零五十六公尺的高空，坐在上海飛往舊金山的飛機上。機艙的照明系統已關閉，客艙裡漆黑一片，人們要麼在睡覺，要麼在看電影。少數燈亮著，有人拿著紙本書閱讀，有人拿著 Kindle 閱讀。而我，在寫這篇自序。

在寫這篇自序之前，我剛剛寫完五千三百字的自由書寫。寫到最後，我的身體充滿了能量，我感受到自己生命的活力。我想到這句話：「寫作，釋放生命的能量。」

我的寫作分為兩部分：一部分是自由寫作，另一部分是公開寫作。自由寫作，釋放生命的能量，找回生命的熱情。公開寫作，建立與這個世界的互動，傳達自己的思想，提升自己的影響力。

我愛自由寫作，自由寫作讓我找回生命的能量。

我們生命的內核本身是充滿能量、充滿活力的，有著強人的生命力。不知為何，我們用重重的鎧甲包裹起那個充滿能量的自己，我們變得麻木，甚至行屍走肉。小時候那個活蹦亂跳、喜歡問十萬個為什麼、走在路上跟小花小草打招呼、充滿好奇心的我們，如今卻行色匆匆地走在路上，看不見路邊的梧桐樹，也看不到盛開的櫻花，焦急地奔向下一個目的地。

曾經的我也是如此，總是陷入沮喪和無力的狀態。寫作彷彿是我的救贖，讓我一層層脫下鎧甲。

過去的幾年，我每年寫幾百萬字，不斷地書寫，不斷地自我反思，寫著寫著，把自己寫明白了。我看到自己鮮活跳動的生命，它在召喚著我，呼喊著我，掙扎著想要從鎧甲裡出來，它想要帶我擁抱這個充滿能量的世界。我一點點地找回自己的本心，我「看見」了盛開的鮮花，我也「看到」一個個鮮活的生命。我的身體有了能量，我漸漸地有了生活的掌控感。

我感受到自己的變化，未曾寫作之前的自己與現在的自己判若兩人。我的容顏不曾變化，我住在同一個地方，在同一家公司工作，心境卻發生很大改變。真正的改變是由內而外的。寫作會引導著你由內而外地發生改變，成為你真正想要成為的人。

寫作，也可以幫助你實現夢想。任何事物都需要經過兩次創造：一次在大腦中構思，另一次在現實中實踐。寫作，可以幫助你在大腦中構思你的夢想，然後在現實中實現夢想。

如果你未曾嘗試過自由寫作，我強烈推薦你去嘗試一下。通過自由寫作，你會發現自己的人生使命；通過自由寫作，你能夠找回生命的力量；通過自由寫作，你會愛上寫作。

寫作，也不應該止於自由寫作。自由寫作更多的是與內心世界的對話。除了與內心世界對話外，我們也該學會跟這個世界對話。每個人都應該為自己發聲，甚至為自己所在的群體發聲，寫作是發聲的一種途徑。學會公開寫作，讓世界聽見你的聲音，讓世界瞭解你的思想，讓世界知道你的故事。

通過公開寫作，你的思想可以傳達到更遠的地方。生命終有盡頭，而文字卻可以穿越時空。你和你的讀者雖然未曾謀面，但他們可以通過閱讀你的文字認識你、信任你。

如果不是公開寫作，我只是一家五百強外企的普通上班族，每天除了上班外，就不知道該幹點什麼，生活特別單調和無趣，又特別焦慮和迷惘，不知道未來的發展方向在哪裡。是寫作讓我的人生發生了巨大改變。我的第一本書——《時間的格局》出版後，我成為真正意義上的作者，這是我本職工作之外的另一重身分。這個新的身分也為我帶來更多機會。我有幸被古典老師邀請參加第七屆做自己論壇「遇見作者」版塊，我有機會在中央人民廣播電臺錄製《品味書香》節目，介紹《時間的格局》一書……這些機會，對於未曾寫作的我是根本無法想像的。

因為我自己是寫作的受益者，所以我希望更多的人加入寫作的行列。在業餘時間，我一直在組織「二十一天愛上寫作訓練營」，目前已經是第十三期，帶領兩千多名小夥伴從零開始寫作，並愛上寫作。他們中有的人的文章被收錄到出版的紙本書裡；有的人成為專欄作者，收穫幾萬粉絲；還有的人參加寫作訓練營，每週給兒子寫信，成為網紅，上了電視節目；還有的人簽了出版合約，正在書寫自己的第一本書……更重要的是，寫作帶給他們力量，讓他們的生活發生了很多正向的改變。

寫作不是作家的專屬，在這個時代，每個人都應該學會寫作，學會簡潔、清晰地表達自己的思想。寫作，會開啟全新的生命，會帶給你意想不到的收穫。

開始寫吧，你的思想值得被看見。

寫於二〇一八年一月二十八日上海飛往舊金山的一萬零五十六公尺高空

修改於二〇一八年二月八日上海青橙學院

第1章

人人都應該寫作的時代

隨著各大自媒體平臺的興起，加入自媒體寫作浪潮的人越來越多。有一些寫作者，甚至辭去全職工作，成為自由寫作者。我們進入了人人都應該寫作的時代。

其實，美國著名社會學家艾文．托佛勒（Alvin Toffler）早在一九八〇年出版的《第三次浪潮》（*The Third Wave*）一書中就預言了「寫作時代」：「新的經濟要求掌握符號形象抽象的技巧，要求合乎邏輯地說明和表達問題的能力，以及其他方面的能力。在可以預見到的時期內，所有這些技能和特徵都必須伴隨最起碼的若干基本技能，如閱讀技能、寫作技能和一些（未必是大量的）數學」。

我們現在所處的時代正是托佛勒描述的「寫作時代」在這個時代，「閱讀技能」和「寫作技能」是人們所必備的技能。

1.1 寫作時代，寫作是最好的投資

在「寫作時代」，每個人都應該學會清晰、簡潔地表達自己的思想。寫作不是作家的專屬，是每個人都應該掌握的基本技能。

在日常工作和生活中，寫作技能在很多場合被頻繁使用，會寫作的人很容易脫穎而出。在職場中，不管是寫活動企劃還是寫年終總結、每週彙報都需要用到寫作技能。在生活中，會寫作的人在讀完一本書、看完一部電影後不僅能夠寫出精采的書評和影評，還能賺取稿費；去不同地方旅行之後不僅能寫出精采的遊記，甚至能出版一本書。

「寫作是這個時代最好的自我投資方式。戰隼、古典、李笑來等都呼籲大家開始寫作。戰隼在「一百天行動分享」中提到：高回報的生活習慣中的一個重要習慣就是「寫作」。古典老師談到寫作時說道：「如果行動和眼光讓我們能看到未來工作生活的五步，那麼寫作能讓我們看到未來的十步。」李笑來在得到專欄曾說：「想要走上通往財富自由之路的你一定要學會寫作。」」

寫作也是決勝未來的關鍵。著名未來學家、趨勢專家丹尼爾．品克（Daniel Pink）在《未來在等待的人才》（*A Whole New Mind*）中寫道：人類社會已經步入「右腦時代」，未來屬於那些擁有與眾不同思維的人，唯有擁有右腦時代的六大全新思維能力：設計感、娛樂感、意義感、故事力、交響力、共情力，即「三感三力」，才能決勝未來。一個會寫作的人，具「故事力」、「共情力」等能力在寫作過程中得到鍛煉，也就意味著會寫作的人依然能夠在未來社會中脫穎而出。

在「寫作時代」，掌握寫作技能，讓寫作成為你個人成長的必備技能，讓寫作助力你的職場和生活，讓寫作成為你通往更美好未來的法寶。

1.2 出書，不再是遙不可及的事

如果你在專業領域有所積累，並且有一定的文字功底，願意用文字分享自己的專長，出書並非遙不可及。普通人也能出版一本屬於自己的書。

我先生是一位程式師，在工作之餘將自己的技術心得寫成文章發布在各大平臺。在他發布了兩篇文章之後，就有博文視點的編輯聯繫他出版書籍。寫了八篇文章後，又有一位清華大學出版社的編輯聯繫他出書。他寫的《React 進階之路》一書已經出版。

我的朋友 Cheer，懷孕初期因身體不適休假在家，無意間拿起了畫筆畫畫，並一發不可收拾，每天將畫作分享到朋友圈打卡，持續了一百多天。同時帶領三百多位零基礎的畫友習畫。因為一百天繪畫的事蹟，有多家電視臺採訪報導她。即將臨盆之際，她在上海浦東圖書館舉辦了「一百天畫展」，除了展出自己的畫作外，還有零基礎畫友們的作品。畫展吸引了浦東電視臺的報導，共有兩萬餘人參觀。Cheer 也因此簽訂了自己第一本書的出版合約，主題是零基礎學習水彩畫。

我在二〇一七年十月分出版了《時間的格局：讓每一分鐘為未來增值》一書，這本書也是通過在自媒體平臺上發布原創文章，進而有編輯約稿出版的。

這三個故事講的是普通人如何出版一本書。其實，不少知名作者也是從自己的專長出發，先在網路發布文章，然後慢慢走上出版書籍的道路。

《精進：如何成為一個很厲害的人》一書的作者采銅，是浙江大學心理學博士，知乎心理學大V[1]，在出書之前，他在知乎回答過近一千個問題，被五十多萬人關注，被知乎網友公認為「知乎精神」的代表。他在二〇一六年出版的《精進》一書，連續兩個月占領豆瓣和亞馬遜最受關注圖書榜，入圍亞馬遜中國年度新銳作家榜。

舒明月一開始只是在朋友圈發布四百字的短評，發現在朋友圈很受歡迎後在豆瓣上開了「犀讀」專欄。因為豆瓣專欄閱讀量很高，排名靠前，有多家出版社的編輯聯繫她出書。她的《大師們的寫作課：好文筆是讀出來的》一書一出版就登上了新書熱賣排行榜。

簡書一哥彭小六，一開始在簡書上寫作，每天發布一篇讀書筆記，經過近半年的持續寫作成為簡書一哥，在簡書有十萬多關注者。他在二〇一六年出版了第一本書——《讓未來現在就來：成為高效能的行動派》，在二〇一七年出版了第二本書——《顛覆平庸：如何成為領先的少數派》。

這樣的例子還有很多。

這個時代，出書不再是遙不可及的事情。如果你有自己的專長，或在某個領域有深厚的積累，可以用寫作分享自己的經驗或專業知識，各個出版社的編輯會經常去各大自媒體平臺看熱門作者的文章，如果發現優質作者，就會聯繫作者，合作出書。

出書，並非遙不可及，但前提是你有一定的寫作功底及深厚的積累。為了實現出書的夢想，從動筆寫第一篇文章開始吧。

1.3 你該開始寫作的十大理由

我們為什麼要開始寫作？寫作可以帶給我們很多價值，寫作的價值可以從對內和對外兩個維度來講。對內而言，寫作可以記錄生活，對抗時間的流逝和遺忘，可以幫助我們進行自我探索，清理負面

1 指微博平臺上，通過個人認證，且擁有眾多粉絲的用戶。

情緒，還可以用寫作來反向思考。對外而言，寫作可以提升邏輯和表達能力，建立個人品牌，完成出書夢想，以及通過寫作實現經濟獨立，用寫作影響他人。

雖然不是每個人都能成為作家，但每個人都應該開始寫作。寫作，是眾生平等的，無論你身處何方，是男是女，都可以用筆來表達自己。

#一、用寫作來記錄生活

許淵沖曾說：「生命不是你活了多少日子，是你記住了多少日子。要讓你生命裡的每一個日子值得記憶。」

很多人都有想要記錄生活的想法，卻很少有人去行動。用文字可以記錄自己的所想所思，記錄生命中發生的事情。生命中有很多美好的時刻，如果不去記錄，這些美好的時刻就直接流逝了。如果我們可以用文字記錄這些美好時刻，那麼它們就會成為永恆。

寫作還可以記錄稍縱即逝的靈感，用文字來將這些靈感編織在一起，使它們成為思想的瑰寶。就像羅曼·羅蘭（Romain Rolland）所說的：「最好的美在於能夠賦予瞬間即逝的東西以永恆的意義……壯烈的詩句、美妙的文章猶如羅馬的銘文，永不被時代磨滅。」文字擁有將轉瞬即逝的當下鐫刻為永恆的能力，這是一種獨特的美。

> 很多時候，我們想要寫作並不是為了寫出偉大的作品，而是想要把自己的故事說給別人聽，在忙忙碌碌的生活中，用文字記錄我們所想、所思、所見、所聞、所愛。

寫作可以讓我們的家人、朋友，甚至陌生人聽見我們的故事，看見我們的「所見所聞」。即使我們的文章不一定能夠流芳百世，但是通過我們寫下的文字，可以讓更多人瞭解我們，甚至可以用文字影響他人。

我們生活在世上只有短短幾十年，生命終有盡頭，而文字卻可以穿越時空。你寫下的文字是你思想的結晶，它們可以穿越時空，讓後人通過閱讀你的文字，瞭解你曾經生活的時代及你的生命故事。

#二、用寫作對抗時間的流逝和遺忘

阿根廷作家波赫士（Jorge Luis Borges）曾說：「我寫作，不是為了特定的讀者，也不是為了名聲，我寫作是為了光陰流逝使我心安。」當我讀到這句話時，被深深打動，這也是我熱愛寫作的原因。

我害怕光陰的流逝，我更怕光陰流逝而自己卻一無所獲。隨著年齡的增長，時光的流逝越來越快，記憶卻越來越差，經常想不起自己在上個月，甚至上一週做過什麼事情。我特別害怕時間就這麼白白流逝了，當我老了，除了滿臉的皺紋外，什麼也沒有留下。

遇見寫作，我找到了與時光相處的方法。每一次坐在書桌前寫作，我感受到時光的靜謐和內心的安定。因為寫作，我不再害怕光陰流逝。因為寫作，我也不再害怕遺忘。很多事情即使忘了，依然有文字幫助我回憶過去發生的事情。

寫作可以讓我們心安。我們一部分的焦慮和恐懼源於死亡，終有一天，我們會離開這個世界。雖然我們的肉體無法長存，但思想卻可以穿越時空。寫作，在一定程度上，能讓你的思想活得比肉體更久，因此在一定程度上它可以減輕死亡帶來的焦慮和恐懼。

#三、寫作幫助我們更好地瞭解自己

阿波羅神廟前的巨型石碑上刻著一句古希臘箴言：「認識你自己。」認識自己是人生最重要的功課之一。在認識自己的過程中，我們常常向外尋求答案，而忽略了向內探索。其實，當我們靜下心來，向自己的內心尋求答案時，很多困惑就會變得清晰。

寫作是自我溝通的最好方式，寫作可以跟潛意識對話，讓我們更瞭解自己。很多人說自己很迷惘，不知道自己喜歡什麼。我們越迷惘，越忙碌，就越沒有時間靜下心來傾聽內心的聲音。如果你每天抽出一點時間來寫作，來傾聽內心的聲音，你就會越來越瞭解自己。每天清晨的寫作，就像是與自己的約會，也是與內心的對話。

在沒有開始寫作之前，我總是很焦慮，很迷惘，做什麼事情都只有三分鐘熱度。寫作就像槓桿的支點，開始寫作之後，生活發生了很多正向的改變。幾年的寫作，讓我比以前更瞭解自己。

寫作是一種自我探索，通過文字挖掘內心深處的想法，寫得越多，你對自我剖析就越深入。

#四、寫作幫助清理負面情緒

每個人或多或少都會有負面情緒，但生活中並不是隨時隨地都能找到可以傾訴的人。通過寫作可以發洩情緒，及時調整自己的情緒。

情緒需要疏導，而不是壓抑，用文字的方式寫出內心深處真實的情緒，就是一個疏導的過程。當情緒被看見、被接納時，情緒就會從身體裡流走。當我憤怒、痛苦、悲傷、嫉妒時，我就會坐下來寫作，用自由書寫的方式真實地寫下此刻的心情。

每次寫完，心情就會好轉。在寫作過程中可以問問自己，為什麼會如此憤怒，為什麼會悲傷，這時候往往能挖掘到一些隱性的思維模式或引發情緒波動的開關。這是可以幫助你成長的，因為情緒背後往往蘊含著生命中的重要答案。

如果沒有及時清理，負面情緒是一個非常沉重的負擔，把負面情緒寫下來，可以幫助我們更好地清理身體裡的負面情緒，讓身體更健康。

#五、用寫作反向推動輸入和思考

英國哲學家培根（Francis Bacon）曾說：「閱讀使人充實，會談使人敏捷，寫作與筆記使人精確。」當我開始寫作之後，我發現自己在閱讀、會談和寫作這三個方面都有了很大提升。

寫作是一種輸出，想要持續輸出就需要大量輸入。開始寫作之後，我的閱讀量從每年二十多本書增加到一百多本書。從宅在家裡不擅交談，到主動約陌生人聊天採訪他們的故事，這些都是寫作帶給我的變化。

寫作也可以反向思考。寫作是用文字表達思想的過程，你寫下的文字是你思考的結晶。寫作技巧等只能是輔助作用，讓你的思想更縝密，但是最重要的還是你的思想。如果你的大腦空無一物，即使你有再好的寫作技巧，也只能無病呻吟罷了。想要提升寫作能力，最重要的是提升自己的思考力。

同樣，寫作也可以幫助我們整理雜亂的思緒，讓我們更清楚地思考。寫作是一種把隱性知識顯性化的方式。寫作可以反映我們的思想，同時又會反向推動我們更加深入地思考，因為零碎的、雜亂無章的思緒無法成為一篇完整的文章，我們必須深入思考，去組織我們的思想。長期寫作的人，其思考能力也會得到很大提升。

#六、寫作提升表達和溝通能力

很多人說學寫作有什麼用？其實，寫作的用處非常多，最重要的一點就是可以提升表達和溝通能力。以前，我並不是一個喜歡表達的人，相反，是一個比較內向的女孩。通過多年的寫作，我發現不管是跟別人溝通，還是做線上分享，我總是能夠聽到「表達清晰、邏輯清晰」這樣的評價，這是長期寫作的效果。因為寫作的過程是梳理思考的過程，長期寫作鍛煉了自己的思考能力，以及清晰的表達能力。

寫作是一種書面溝通的方式，長期寫作可以提升書面溝通能力。有些人在寫公文的時候總是特別抵觸，絞盡腦汁勉強拼湊出一篇文章，卻存在各種各樣問題，如主題不明確、邏輯混亂、意思不清晰等。長期寫作的人可以輕鬆搞定各種公文寫作或年度總結等職場的書面溝通。

因此，學會寫作有助於提升職場能力，因為任何工作都離不開思考力和溝通表達能力。

#七、通過寫作建立個人品牌

”微信的口號是：「再小的個體也有自己的品牌。」美國管理學者湯姆·彼得斯（Tom Peters）提出，二十一世紀的工作生存法則就是建立個人品牌。他認為，不只是企業、產品需要建立品牌，個人也需要在職場中建立個人品牌。“

寫作是建立個人品牌最好的方式之一。你的文章就是你個人品牌最好的載體，你過去的經歷、你的思想、你在某個領域的積累，都可以通過文字傳達出來。寫作可以大大擴大你的社交圈，通過文字認識不同的朋友。

在職場上也可以通過寫作建立個人品牌。我有一位工程師朋友，原本從事的是手機前端開發，業餘時間熱愛閱讀和寫作。有段時間，他研究區塊鏈，並且把自己對於區塊鏈的理解寫成文章發布在網路上。他沒有想到，有人力資源管理者把他的文章轉給了公司老總，老總看完之後就約他見面聊天。最後，他通過了那家公司的面試，成功轉行到區塊鏈開發。這就是用一篇文章找到心儀工作的案例。

#八、實現出書的夢想

每個人小時候也許都有出書的夢想。看著自己的思想變為文字，是一件非常有成就感的事情。通過寫作可以實現出書的夢想，這一點我已經在前文講述過，就不再贅述了。

#九、通過寫作實現經濟獨立

在自媒體時代，通過寫作實現經濟獨立並不是一件特別困難的事情。我身邊有不少朋友辭去全職工作成為自由寫作者。自由寫作者可以通過寫原創文章，寫各個平臺的約稿，寫講書稿等實現經濟獨立。還有一些通過運營公眾號實現經濟獨立，甚至年收入百萬元。通過寫作和運營微信公眾號實現經濟獨立的例子有不少，像特立獨行的貓、六神磊磊、凱叔講故事的王凱等。在這個時代，通過寫作不僅可以實現理想、實現經濟獨立，甚至可以達到財富自由。

但用寫作實現經濟獨立也並不是一件很容易的事，對創作者的要求也很高，很多自媒體的原創大號[2]都是日更的，日更一週、一個月問題都不大，但要日更三百六十五天，日更好幾年，是一件非常辛苦的事情，作者很容易被掏空，因此也需要大量閱讀。

另外，也有不少斜槓的寫作者，他們有一份全職工作，利用清晨或者下班後的時間寫作或運營公眾號，有些人業餘收入甚至比本職工作的薪水還高。既有一份穩定的工作，又可以實現寫作夢想，也是一個很不錯的選擇。

#十、通過寫作影響他人改變

寫作可以影響他人改變。寫作可以輸出自己的價值觀，可以用自己的文字影響其他人。人的行為發生改變，首先要從思想上發生改變。也許，你的文字可以啟發他們的思想發生改變，也許，你的故事可以引起他們共鳴，進而引發他們行動上的變化，甚至改變他們的人生。

有些人的人生軌跡就是看了一本書之後發生改變的。我自己的書——《時間的格局：讓每一分鐘為未來增值》，雖然不是暢銷百萬冊的書，但也有小夥伴們告訴我，這本書帶給他們很大的收穫，改變了他們的生活。

一些經典的書籍穿越時空，超越地理，依然影響著我們，像《老子》、《莊子》、《論語》、《聖經》等。

以上是我認為的寫作十大優勢。你可以給自己十分鐘時間，靜下心來思考，你到底為什麼想要寫作？寫作能夠帶給你什麼收穫？

#開始寫吧，你的思想值得被看見

寫作是一種「看見」。我之所以鼓勵每個人都開始寫作，是因為每個人的生命都值得被「看見」。很多時候，我們的生命並沒有被看見，當生命不被看見時，生命的能量會被壓抑。

每個人都是一部歷史，你的經歷值得被更多人看見。用寫作記錄你的歷史，記錄你所看見的時代。不要神話寫作，每個人都能學會寫作。寫作不是高高在上的，是我們每個人都應該掌握的基本能力。但很多人會覺得自己沒什麼內容值得寫。其實，每個人都是世界上獨一無二的個體，你肯定有別人不曾有的經歷。你肯定在某方面有比別人更多的積累。你自己就是寶藏，只是，你沒有去挖掘。

開始寫吧，你的思想值得被看見。

---

2 指擁有高達上百萬粉絲量的公眾號。

第2章

從害怕寫作到提筆就寫

隨著自媒體行業的蓬勃發展，很多人萌生寫作的想法，卻又不敢動筆。有一些無形的障礙攔在寫作的道路上。本章將詳細講述寫作道路上的五大障礙，以及如何克服這五大障礙。接著介紹一種能夠讓你愛上寫作的方法——自由寫作，以及毫不費勁寫作的方法。讓我們一起掃清寫作道路上的障礙，順暢地開啟自由寫作之旅。

2.1 寫作的五大障礙

我們回憶過去的寫作經歷時，會發現寫作是一件讓自己痛苦的事情。學生時代，每次寫作文搜腸刮肚、東拼西湊才寫成一篇文章。那時候的寫作不是為了表達自己的想法，而是為了作文拿高分或者獲得老師和同學的認可。即使面對作文題目無話可說，為了作文的分數，我們也要硬著頭皮寫下去。

正是因為學生時代的痛苦記憶，很多人畢業之後就再也沒有寫過文章，「作文」這個詞徹底從他們的生活中消失了。寫作是我們應該掌握的基本技能，因為學生時代的痛苦記憶而放棄寫作，是一件非常可惜的事情。

#障礙一：寫作自信心問題

我到底能不能寫作？寫作需要天賦嗎？對初學者來說，寫作道路上遇到的第一個障礙不是寫作技巧上的問題，而是自己能否寫作的自信心問題。

很多人不敢開始寫作。我在「弘丹在寫作」微信公眾號後臺經常收到讀者的留言：「我也想像你一樣開始寫作，但是怕自己寫不好。」他們的內心常常湧起寫作的衝動，卻很不自信：「我真的能寫作嗎？」他們一直在糾結是否要開始，而不是真正行動起來。這種糾結耗費巨大的能量，最後他們對自己說：「寫作是作家的事，我連小學作文都寫不好，怎麼能寫好文章呢？」然後就放棄寫作了。

還有一些人雖然動筆寫了，但在寫的過程中一直懷疑自己：「我真的能寫好嗎？」這種自我懷疑的聲音很強烈，讓他們不敢告訴別人自己在寫作，只是在默默地寫著，一邊寫一邊懷疑。

阻礙大家寫作的不是寫作技巧，而是寫作的自信。很多人把問題錯誤地歸咎為自己的寫作技巧不足，因此聽了很多關於寫作技巧的分享，可是聽完之後依然不敢開始寫。我剛開始寫東西時，每天只是寫五百字左右的日記，後來創建公眾號，第一篇文章的題目是〈每日寫作帶給我的變化〉，分享在朋友圈後，有一位讀者留言：「我覺得你只是在寫日記罷了，這怎麼能稱為寫作？」

她的留言讓我開始思考，到底什麼是寫作？很多人覺得寫作是作家的專屬，只有作家才配用「寫作」這個詞。他們對於寫作的畏懼是因為對寫作的定義太神聖。

《現代寫作教程》一書中對寫作的定義如下：寫作是用語言符號創造精神產品的思維活動過程。狹義的寫作定義是指用語言符號創造文學作品的思維活動。廣義的寫作定義是用語言符號創造一切文章（包括文學作品）的活動過程。從廣義的寫作定義來說，每個人都能夠寫作，也都應該寫作。我給寫作下的定義很簡單：把自己的所想所思寫下來。

如果你實在覺得「寫作」這個詞帶給你很大壓力，那麼你可以用「書寫」來代替。「書寫」這個詞彷彿有神奇的魔力，當你說出這個詞時，內心的壓力就會減輕很多。寫作和任何技能一樣都是可以通過不斷練習獲得提升的。當你開始寫作時，一定要從心底裡相信自己，通過刻意練習，每個人都能掌控寫作技能。在心理學上，有個詞叫作「自我驗證」，一旦人們有了關於自身的想法，他們就會努力證明這些自我觀念。比如，你覺得自己學不會寫作，你會尋找各種相關的觀點來證明自己的觀點。

相反，如果你從心底相信自己能夠學會寫作，你也會尋找相關的觀點來證明自己，並開始實踐。

不斷練習之後，你會發現自己真的學會了寫作，這也是「自我驗證」的表現。因此，你要給自己積極的暗示，而不是消極的暗示。

寫作是一種實踐。就像游泳，即使你學習了再多游泳的技巧，如果不下水練習，你永遠也學不會游泳。寫作也是如此，即使你知道再多寫作技巧，如果你不真正寫起來，永遠也不知道自己到底能夠寫得有多好。

建立寫作自信心，這是從害怕寫作到提筆就寫的第一步。當你克服了自我懷疑，你的寫作之路就成功了一半，另一半是如何持續寫下去，需要不斷精進你的寫作技能。

#障礙二：把寫作局限在文學領域

很多人認為的「寫作」只是文學領域的寫作，認為寫小說、詩歌、散文、劇本，才能叫作寫作。文學領域的寫作的確是寫作的重要領域，但不是寫作的全部。不會寫小說、詩歌、散文等文學作品，並不代表你不會寫作。

> ”寫作是現代人應該掌握的基本能力。我所說的寫作，並不僅僅是指文學領域的寫作，是廣義的寫作，指的是用文字清晰、簡潔、準確地表達自己的想法，分享自己的知識和經驗，傳遞自己的價值觀。“

每個人都是這個世界上獨一無二的個體，每個人都可以用文字來分享自己的生活經驗及所掌握的知識，這樣知識和經驗才能一代代地傳承下去，如科技領域的《Java 程式設計思想》等，經濟管理領域的《經濟學》、《管理學》等，自我提升領域的《與成功有約：高效能人士的七個習慣》等。因此，不要只把寫作局限在文學領域，寫作可以應用於任何領域，是現代人應該掌握的一項基本技能。

練習寫作也可以分為不同階段。第一階段，把文章寫通順。第二階段，學會清晰、簡潔、準確地表達自己的思路和觀點。第三階段，寫出自己的著作。剛開始練習寫作不需要天賦，先打好基礎，寫出流暢的文字，做到清晰表達自己的觀點。不要以「自己沒有寫作天賦」為藉口，心安理得地偷懶。我們先要像工匠一樣，通過刻意練習訓練自己的基礎寫作能力。

障礙三：過分在意他人評價

寫作之所以是痛苦的事，是因為我們太在乎外界的評價。一旦別人說我們的文章寫得不好，我們的內心就會有「羞恥感」。因此，在寫作時放不開手腳，大腦一直用「好壞」來審視自己的文字，一邊寫一邊自我懷疑「我這篇文章到底寫得好不好」，一邊寫一邊刪除，往往一個小時都寫不完一千字。過分在意他人的評價，讓我們無法打開心靈自由創作，也無法感受創作帶來的快樂。

即使內心渴望寫作，依然很容易因為他人的評價而放棄寫作。一旦別人評價自己的文章寫得不夠好，或者沒有寫作天賦，就會沮喪失望，甚至放棄寫作。

很多人會因為他人的評價而放棄自己真正想做的事情。有些時候，我們的拖延也是因為害怕犯錯，害怕別人的評價。過分在意他人的評價，導致我們總是以別人喜歡的方式來生活，卻不去追求自己真正想要的生活。有時，甚至會為了他人的評價而放棄自己想做的事情。

如何克服這一點？大衛·柏恩斯（David D. Burns）的《焦慮情緒調節手冊》一書中提到的「蒙羞體驗」，對於克服寫作的第三個障礙有一定幫助。

書中講述了律師傑弗瑞的故事。傑弗瑞是一名非常成功的律師，但他最近的一個案子失敗了，非常沮喪和懊惱。作者讓他告訴十個律師他的案子失敗了。一開始，他特別焦慮，甚至想退縮。當他硬著頭皮告訴別人時，他發現結果並不是那麼難堪，十個人中有五個人根本就沒注意他說了什麼，繼續侃侃而談自己的事情。另外五個律師推心置腹地把自己的心裡話講給他聽，他們說，聽到連傑弗瑞都會輸了案子，他們的壓力就不是那麼大了。

「蒙羞體驗」讓傑弗瑞發現自己大大誇大了自己在別人心中的地位，大部分人其實都是以自我為中心的，根本沒有那麼關注你。另外，他發現自己的脆弱反而是最大的財富。

> “「蒙羞體驗」是暴露療法的一種，暴露療法之所以能夠發揮作用，是因為很多恐懼都是我們自己的假想，而不是事實。要克服這樣的恐懼，就要正視內心假想出來的恐懼。”

如果你怕自己的文章寫得不好，會被別人嘲笑，那我也邀請你來做一個蒙羞體驗。第一，把你認為寫得最爛的文章發布到網路上，如簡書，看看會不會有人留言說你的文章寫得太差。第二，把你的文章發給十個朋友（如果你不想讓現實中的朋友知道你在寫作，你可以發給網路上認識的朋友），看他們如何評價你的文章，會不會嘲笑你的文章。

當你去做這個蒙羞體驗時，你會發現自己對於寫作的恐懼其實是自己想像出來的，別人並不會嘲笑你的文章，相信蒙羞體驗會幫助你提升寫作自信心。

如果真的有小夥伴嘲笑自己，那該怎麼辦呢？如果真的發生了這樣的情況，我們可以用成本和收益來核算繼續寫作帶來的收益，以及放棄寫作帶來的損失。

如果你因為別人的嘲笑而放棄了寫作，那麼三年之後你的寫作能力不會有任何提升，也許你還是不敢寫作，還是怕被別人嘲笑。

如果你受到別人的嘲笑還是繼續寫作，經過三年的練習，你的寫作能力有了很大提升，也許三年後你出版了一本書。那麼，之前嘲笑你文章寫得差的朋友，也不會再嘲笑你了，因為你已經有了自己的作品，在一定程度上證明了自己的寫作能力；並且寫作會給你帶來更多機會，比如，和優秀的作家成為朋友，靠寫作有工作之外的收入等。

因為別人的嘲笑而放棄努力或者寫作，是典型的用別人的錯誤懲罰自己的方式。我們無法控制別人，但可以控制自己。如果你不想三年之後一無所獲，那就繼續寫作吧，暫時遮罩那些嘲笑的聲音，自顧自地前行。

在我寫作之初，也受到過別人的嘲笑，我把文章發在朋友圈裡，有人說，你這也叫寫文章嗎？只不過是寫日記罷了。但我並沒有因為他人的嘲笑而放棄寫作。經過幾年的寫作，當初嘲笑我的那些人已經開始誇我的文章寫得好了。當你受到別人的嘲笑時，放棄只會讓他們的嘲笑成真，而你自顧自地努力反而會讓嘲笑你的人敬佩你。

但現實是很多人因為別人的一句玩笑似的嘲笑而放棄了努力。不僅對寫作如此，對很多事情都是如此。幾年過去了，他依然沒有任何進步，依然在初學者的狀態踏步，這才是最大的損失，因為時間是不可逆的。

> 另外，你要記住，每個人都必須經歷從寫得不好到寫得好的過程，即使那些著名的作家也是如此。因此，在剛開始練習寫作的階段不要太在意別人的看法，更不要因為別人的評價而放棄寫作。

此外，我建議一開始練習寫作時不要急著把文章發布出來，先持續練習一段時間，等你真正愛上寫作，或者等你的文字越來越成熟時再分享出來。這樣也就不容易受到外界的影響，不會因為他人的評價而放棄寫作。有些人看到別人的努力，會為了掩蓋自身的不努力而習慣性地給別人潑冷水，這樣別人就會放棄努力跟自己一樣渾渾噩噩過日子。

另一方面，我們很容易會認為，自己的觀點或作品等同於我們自身。當別人評價我們的作品不好時，我們會理解為對自己的否定，因此一聽到批評自己的文章時就會習慣性防衛。我們要轉變思路，別人批評我們的文章可以幫助我們更快地提升自己的文章品質，而不是因為批評而放棄寫作。如果有人客觀地評論甚至批評你的文字，對你來說是件好事，因為你的文字又可以進步了。

#障礙四：無話可說，無物可寫

當你克服了前面三個障礙開始動筆寫作時卻發現自己不知道該寫什麼，無話可說，無物可寫。為什麼別人總是有寫不完的素材，而自己卻大腦空空，什麼也寫不出來呢？為什麼別人能每天寫一篇文章，自己寫了幾天，就像把自己掏空了一樣，沒什麼內容可寫？這是寫作的第四個障礙。

第四個障礙對應兩個問題。第一，到底該寫什麼內容？第二，該怎麼寫這些內容？因此，解決這個障礙也分為兩個方面：一方面是提升素材的積累；另一方面是學習如何精準地表達內容。

作為一名寫作者，要學會蒐集和整理素材。俗話說：「巧婦難為無米之炊」。寫作素材就像是巧婦的米，如果沒有寫作素材，即使有再好的寫作技巧，也無法寫出一篇高品質的文章。內容是文章的靈魂，寫作應該言之有物。寫作內容對每個人來說是千差萬別的，與你過去的經歷、職業、你的所見所聞、你的眼界、思考能力等息息相關。

此外，要學會將生活中的素材加工、重塑，也就是要學會成為一名「巧婦」。並且要有能力讓自己保持穩定的寫作頻率，而不僅僅是靠靈感寫作。

本書的後面章節會詳細介紹如何將生活小事加工成文章，以及如何蒐集素材、如何整理素材來幫助大家克服第四個障礙。

#障礙五：寫作遇到瓶頸期，怎麼辦

持續寫作一段時間之後就會遇到瓶頸期，不知道該如何下筆，或者寫了一段時間，感覺自己在原地打轉，文章沒有任何進步。

在寫作過程中，有時候會沮喪地發現自己好像寫不出文章了。看著別人源源不斷地創作出優秀的文章，內心更加焦急。這個時候其實就是陷入了寫作瓶頸期。

瓶頸期是寫作者最容易放棄的時候，因為在這個階段，寫作者的自我評價往往比較低，甚至懷疑自己是否有寫作才華，或者懷疑寫作這條道路是否是正確的選擇。

如何度過寫作瓶頸期，也是我們面臨的寫作障礙之一。本書的後面章節會詳細介紹如何度過寫作瓶頸期。克服寫作道路上的這五大障礙，我們的寫作之路就會順暢很多。

我是如何從零開始寫作的

二〇一五年年初，我的朋友朱教授寫了一篇關於她的美女朋友想要寫小說的文章。朱教授其實並不是一位教授，他是一名培訓師，因為他總是一本正經，所以大家送他外號——教授。他的美女朋友想要寫小說，朱教授就幫她梳理寫小說的初衷。

我原本以為這只是一篇非常普通的文章，但讀著讀著，內心柔軟的地方被深深打動。朱教授那位想要寫小說的美女朋友，她內心深處真正的想法是：寫下自己的所思所想。

看完這篇文章，我發現自己一直都有這樣的想法，卻從未動筆。我本來是一位重度拖延症患者。說來也奇怪，看完那篇文章的第二天，我早起半個小時，在書桌前寫日記。一開始是手寫日記，每天早晨寫四百～五百字，一個人默默地寫了半年。半年之後開始在部落格寫作。然後，創建了自己的微信公眾號。後來，在簡書上寫作。從此開啟了寫作之旅，持續到現在，已經有一千多天。

在寫作四百小時之後，我成為簡書簽約作者。現在我也是領英自媒體的專欄作者，微博、有書的簽約作者，各個平臺的入駐作者。

在寫作半年以後，我問教授，你那位美女朋友開始寫作了嗎？教授說沒有。我當時挺震驚的。故事的女主人公沒有行動起來，而我這位讀者反而是無心插柳柳成蔭，機緣巧合開始寫作。

我們往往以為自己沒有行動力是因為缺乏夢想，當找到夢想時，自己一定會全力以赴。其實，很多時候，即使你知道自己的夢想是什麼，也會因為惰性或者各種藉口而不斷推遲自己的夢想，甚至一直拖延。沒有行動力，縱使有再美好的夢想，也終究只是夢想，不會成為現實。

我知道，很多人都有寫下自己所想所思的想法，卻一直停留在想法階段，從未行動。這也是我組織二十一天愛上寫作訓練營的原因，想讓有寫作衝動的人真正動筆寫起來。不動筆寫，你永遠不知道自己寫得有多好，也不知道寫作能給自己帶來什麼收獲。真正的學習發生在行動之後，只有行動，才能讓自己變得更好。

組織寫作訓練營，我帶領兩千多人從零開始寫作。最讓我感動的不是多少小夥伴的文章通過簡書首頁投稿或者文章被大號轉載，而是他們通過寫作找到了生命的力量，通過寫作更加瞭解自己，通過寫作愛上生活，找到生活的樂趣……向內心深處找答案，尋找自己的內驅力。當你愛上寫作，也就愛上自己。

把寫作當成一項練習。每天練習寫作，而不是只為了寫一篇文章，為了出一本書而寫作。就像跑步一樣，每天持續地跑，僅僅是為了跑步本身帶來的愉悅，而不是為了參加馬拉松比賽。寫作本身就是寫作最大的收穫，享受每一個寫作的過程。不管心情好也罷，心情不好也罷，每天完成固定的寫作字數，就把它當做每天必須完成的一門功課。

”

寫作是一種紙上的修行。就像臺灣作家林清玄說的那樣：「對於一個作家，文字就是最好的修行，文學就是最好的道場。我每天只要一坐到書桌前，拿起筆來，我的心就安寧了，感覺到歡喜和滿足。不論生命有多麼巨大的苦痛與困局，只要坐在書桌前，一切就轉化了，進入了一種天真的心境。」

“

#寫作可以自嗨嗎？

寫作可以自嗨嗎？相信這是很多人心中的疑問。因為有不少作者說，寫作不能自嗨，你要考慮讀者的感受。因此，很多初學者一開始寫作就戰戰兢兢，害怕自己的寫作陷入自嗨狀態。

對於很多人來說，寫作是一件痛苦的事情，是一件很難堅持下去的事情，就是因為他的寫作從來沒有自嗨過。在學生時代，寫作是不得已為之的，是為了考試拿高分。在自媒體時代，很多人想要開始寫作，是因為別人都在寫作，而且別人靠寫作實現了財務自由，或者成為了自由職業者，自己也想要過這樣的生活，從而加入寫作行列，但是開始寫作之後卻覺得很痛苦，很難堅持下去。

”

我個人的觀點恰恰相反，我覺得寫作要自嗨，而且必須經歷自嗨的階段。只有真正經歷過自嗨階段，才能喜歡上寫作，並且愛上寫作。只有喜歡上做某件事，才會有內驅力。喜歡的事兒，自然就能堅持下去。

“

一開始寫作完全可以用自嗨的方式，寫自己真正想要表達的事情，寫出內心深處的真實想法。當寫作帶給你心流的感覺，讓你體驗過創作的快樂時，你自然就會沉浸在寫作的樂趣中。如果你從來沒有享受到寫作帶給你的快樂，如果寫作帶給你的一直是痛苦的感覺，那麼你是很難持續寫下去的。誰都不可能有那麼強的意志力，堅持做一件很痛苦的事情。

我認為寫作的第一階段是自嗨階段。經歷自嗨階段，是為了感受寫作帶來的心流，感受創作帶來的樂趣，等你真正愛上寫作，你可以走出自嗨的創作階段，開始考慮讀者的感受，站在讀者的角度來寫作。但自嗨階段是你持久寫作的保障。如何進入自嗨階段，你可以嘗試我在後面介紹的自由寫作的方式。經過寫作的自嗨階段，你會真正愛上寫作。

寫作的第二階段是走出自嗨，站在讀者的角度來寫作。自嗨階段的寫作是一種表達，你表達自己的所思所想，不管讀者有沒有看懂只要自己寫得暢快就行，但是作為公開寫作，尤其是想要成為一名真正意義上的寫作者，我們要學會站在讀者的角度來寫作。一些爆款文章之所以能夠有千萬的閱讀量，除了作者的寫作功底之外，更重要的是他們瞭解讀者的痛點，能夠引發讀者情緒上的共鳴。

走出自嗨階段的寫作，我們可以給自己定個目標，比如，成為某個平臺的簽約作者。如果你能夠成為簽約作者，也說明你的寫作在一定程度上得到認可。

第三階段是成為暢銷書作者。當你在各大平臺擁有一定的粉絲，在某個領域積累一定的影響力之後，你也許能遇到一位認可你的編輯，他會拋出橄欖枝邀請你出書。出版書籍之後，你就擁有了自己的作品，可以從一名寫作者升級為暢銷書作者。

第四階段是成為一流的作家。雖然這是一個普通人都能出書的時代，但要成為一流的作家還是比較艱難的，有很長的道路要走。在這個階段，才華的重要性就突顯出來了。前面三個階段是通過拚命勤奮就可以做到的，但成為一流的作家是需要才華的。就像村上春樹在回答別人的提問——「對小說家來說，最為重要的資質是什麼？」時，村上春樹回答：「無須贅言，當然是才華。倘若毫無文學才華，無論何等熱心與努力，恐怕也成不了小說家。說這是必要的資質，毋寧說是前提條件。如果沒有燃料，再出色的汽車也無法開動。」

2.2 自由寫作，讓你愛上寫作

前一節，我講過寫作是需要經歷自嗨階段的，但很多人從未體驗過寫作的自嗨狀態。這一節就要給大家介紹寫作如何達到自嗨狀態，那就是嘗試自由寫作。

自由寫作的英文是「Freewriting」，一看這個詞就能產生一種自由的感覺。自由寫作是創意寫作課堂常用的寫作練習，也是挖掘寫作者潛力的一種訓練方法。當作家遇到寫作障礙或者文思枯竭時，也會採用自由寫作的方式。

”

自由寫作是一種放飛心靈的寫作，丟掉寫作的條條框框，寫出內心深處的真實想法，而不是為了達到某種目的而寫作。自由寫作是寫出不受理性思維約束的文字，這樣的文字往往更貼近我們的心靈。”

學生時代，我們非常熟悉的寫作方式是構思、列大綱、動筆寫作，寫完的就是終稿，幾乎沒有修改機會，一是因為時間緊張，二是修改會讓卷面不整潔，留給老師的印象不好，所以想好了再下筆。

這樣的寫作方式並非不好，只是會讓我們覺得寫作是一件特別費力的事情。要先構思、列大綱，然後再動筆寫。很多人在動筆寫作之前就已經被構思和列大綱這兩個攔路虎嚇跑了。另外，這樣的寫作方式也會讓寫作者覺得特別受束縛。寫作者往往一邊寫一邊審視自己的文字，寫的過程非常煎熬。

自由寫作的寫作過程與我們學生時代的寫作方式有所不同。自由寫作是想到什麼就寫什麼，寫作前不需要先構思，寫作過程中也不要去判斷自己的文字。比如，寫的內容是否符合邏輯，文章是否有深度，是否有錯別字或文法錯誤等。也不要回過頭修改，在規定的時間內要一直不停地寫，自由自在地寫。哪怕寫「我實在是寫不下去了」這樣的句子也要堅持寫十分鐘或二十分鐘。

自由寫作可以讓初學者克服對寫作的恐懼，當他們進行自由寫作練習時，會驚訝地發現自己其實挺能寫的，原來寫作是一件如此暢快的事情。拋開寫作的條條框框，自由自在地寫，先學會自嗨地寫作，才能感受到創作的快樂。我自己經常練習自由寫作，每次練習自由寫作都會帶給我寫作的心流，讓我深深愛上寫作。當我遇到不知道該寫什麼或者寫不下去時，就會採用自由寫作的方式來幫助自己度過寫作瓶頸期。

我曾在線下寫作分享中帶領二十多位學員自由寫作，設定五分鐘時間。二十多人一起自由寫作會產生神奇的效果；時間彷彿靜止了，只聽見沙沙的書寫聲。在短短五分鐘內，可以寫滿一頁Ａ５的白紙，還有學員在短短五分鐘內寫出一篇優美的文章。那次經歷讓我感受到自由寫作的神奇魔力。

#自由寫作的規則

自由寫作可以讓我們感受到寫作的自由和快樂。當你一邊寫文章，一邊重讀，一邊批判自己的文字，一邊算著字數是否達到要求時，很難體會到寫作的自由。自由寫作打破常規寫作的這些規則，讓寫作者從內心出發，勇敢地寫，讓心底最強烈的情感充分地表達出來。

自由寫作其實也有一些規則，但這些規則不是束縛你的寫作，而是幫助你突破之前常規寫作的條條框框，讓你更暢快地自由書寫。以下是自由寫作的五條規則。

1. 自由寫作時，要不停地寫，快速地寫

不要停下來重讀，也不要暫停。平常我們寫作時，遇到卡關就會停下來思考，但自由寫作時，在鬧鐘沒有響起之前都不能停筆，也不能停下來重讀寫下的文字。即使你實在寫不下去了，你可以把當時的感受寫下來。比如，「我真的沒什麼可寫了」、「我到底應該寫什麼呢？」寫著寫著，你就會有新的思路。在自由書寫時，要快速地寫，而不是思考好之後再寫。

2. 不要刪除

即使寫出來的不是你原本打算寫的東西，也不要刪除，隨它去。自由書寫時，要忘記你的刪除鍵，即使你寫下的文字偏離了寫作的主題也不要去刪除，而是繼續往前寫。

3. 別擔心錯別字、標點符號和文法

在寫作過程中，集中注意力在寫上，暫時不要關注是否有錯別字，標點符號是否正確等。即使錯了也沒關係，不要因為錯別字、標點符號影響你的寫作思路。

4. 不要思考文章是否符合邏輯

自由書寫是更加貼近內心的一種寫作方式，有時候寫出來的文章不是那麼符合邏輯，那也沒關係，我們只需要寫，而不是去思考文章是否符合邏輯。

5. 寫出內心深處的真實想法

有些時候，我們會壓抑內心深處的真實想法，會自我批判。比如，我不該這麼想，我這樣太自私了等。即使在寫作時，也會有這樣的自我批判。在自由寫作過程中，你要完全放棄這樣的自我批判，心裡想到什麼就寫什麼，即使有些想法看起來不可理喻，也沒有關係。

寫出內心深處的真實想法一開始並不容易做到。很多時候，我們不敢寫出自己的真實想法，我們害怕別人知道後會用異樣的眼光看待自己，從而一直壓抑著內心深處真實的想法。

有些人顧慮，不敢讓別人知道自己的真實想法。這很正常，成人世界裡，我們無法像小孩一樣童言無忌，有些話說出來之後要承擔責任。那該怎麼辦？也很好辦，寫給自己看，不要讓別人看到。並不是寫下來的每一篇文章都要給別人看。我每年的寫作量在一百萬字以上，大部分文字都不會給別人看，那是我寫給自己看的文字。

“寫作過程中要信任你的筆、信任你的心，勇敢地寫出內心深處真實的想法，不要過分在意他人的評價。我手寫我心，寫出你的所見、所聞、所想、所思、所愛，寫出你所看見的世界。這樣的方式寫下的字往往蘊含著巨大的能量。”

#自由寫作的練習

自由寫作的主題是非常豐富的，你可以寫任何主題。比如，你可以寫此刻自己的情緒、你對未來的想像、你的夢想等。任何你想寫的話題都可以成為自由寫作的主題。

進行自由寫作練習時，你可以選擇一個主題，給自己十五～二十分鐘，自由自在地寫，想到什麼就寫什麼。不用去思考文章是否有邏輯，是否存在語法錯誤，快速地寫，一刻不停地寫滿十五分鐘或者二十分鐘。

如果你不知道該寫什麼主題，可以嘗試以下幾個主題。

- 我為什麼想要開始寫作？
- 我的夢想是什麼？
- 五年以後，我想要成為什麼樣的人？
- 最難忘的一件事。

現在，我們一起來做一個自由寫作的練習，以下是具體步驟。

第一步，選擇一個安靜的、不被打擾的空間。你可以關上房間的門、關閉網路、手機靜音，排除周圍環境干擾，為接下來的自由寫作做好準備。

第二步，你可以打開日記本，或者找一張Ａ４紙和一支筆，也可以打開電腦空白的 Word 文檔來進行自由寫作。

第三步，選擇一個自由寫作的主題。這個主題不需要像寫一篇文章的主題那樣，只是寫作的提示，在英文中稱為「prompt」。你可以選擇某些主題，如愛、失敗、自由等，你也可以寫某個地方，如我的家鄉、我的辦公室、我父母的家等，甚至可以選擇寫某一種情緒，如生氣、怨恨、悲傷、激動等。選擇自己將要寫作的主題，把它寫在紙上或者 Word 文檔的標題裡。比如，你可以用這個標題開始：「我為什麼想要寫作……」，在紙上寫下這個標題。

第四步，設定一個計時器或者鬧鐘。你可以給自己定一個十～十五分鐘的鬧鐘。在這十～十五分鐘內，你要集中注意力寫作。

第五步，當鬧鐘沒有響起時，你要一刻不停地寫，不能停筆。你可以寫下任何與主題相關的想法，將大腦裡的念頭盡可能快地寫下來。在寫的過程中不要重讀自己寫下的文字，也不要去修改，只管往前寫，直到鬧鐘響起再停筆。

這就是自由寫作的全過程。自由寫作，跟隨自由流動的意識任意書寫，寫下一個又一個的念頭。有時候，你發現困擾自己的問題會在自由寫作中找到答案。每天抽十～十五分鐘的時間來進行自由寫作，養成自由寫作的習慣。我相信，當你不斷進行自由寫作時，你會愛上寫作。我自己就是通過自由寫作愛上寫作，並持續不斷寫作的例子。

> ”
> 自由寫作有著神奇的魔力。它可以讓你傾聽內心的聲音，領悟到心靈深處的祕密，帶給你頓悟。比如，以「五年後，我想要成為什麼樣的人」為主題，在自由書寫的過程中，你會意識到，原來自己想要的是這樣的生活。
> “

#自由書寫，緩解寫作壓力

很多作者在寫作時都會拖延，尤其是寫約稿文章時。張愛玲的散文集中提到，她常常被編輯催稿。人的大腦很奇怪，當我告訴自己我要寫一篇文章時，大腦就會進行各種罷工。當我在寫約稿文章時，如果我對自己說：「這是××平臺的約稿，你要好好寫啊。」我往往磨蹭很久都無法下筆，或者寫寫刪刪，一小時都寫不出像樣的東西，然後開始滑手機，看各種八卦新聞，有時候拖了一天，也沒寫出文章來。

一般而言，寫初稿的時候最容易拖延，因為初稿是從零到一的創作過程。我意識到自己的拖延問題，寫初稿的時候，我就用自由寫作的方式。標題就用「自由寫作」，然後心理暗示，這是自由寫作，寫完還可以修改的。這時就能順暢地寫下去。然後，給自己定個倒數計時器，在這個時間段內要一直寫，不能停。用這樣的方式，初稿總是能很快寫完。用自由寫作的方式來寫初稿，需要花時間來修改，有時候差不多是重寫，但至少可以緩解寫作帶來的壓力，讓我快速寫完初稿，而不是拖延。

#自由寫作實現夢想

日本作家熊谷正壽寫過一本名為《記事本圓夢計畫》的書，通過將夢想及圓夢計畫寫進記事本裡，不論走到哪都將記事本帶在身邊，讓化成文字的夢想或目標寸步不離地跟著自己，最終實現自己的夢想。

自由寫作也可以幫助你實現夢想。就像「五年以後，我想要成為什麼樣的人」，自由寫作的過程就是在想像未來生活的過程。

”

《與成功有約：高效能人士的七個習慣》一書的作者柯維（Stephen R. Covey）在書中講到：「所有事物都需要經過兩次創造。第一次在大腦中構思，第二次用行動付諸實現。」自由寫作的方式就是在心中創造事物的過程。將心中的想法寫下來就相當於在心中埋下了一顆種子。當這顆種子生根發芽時，你的夢想說不定就會在實際生活中實現。

“

以我自己為例，在二〇一七年年初，我通過自由寫作的方式寫下了二〇一七年的十個夢想。其中的兩個夢想是出版一本書及獨自旅行。這兩個夢想都在二〇一七年實現了。我的第一本書——《時間的格局：讓每一分鐘為未來增值》在當年十月分上市。關於獨自旅行，當時的設想是在江浙滬獨自旅行，沒想到在當年八月分有機會去美國獨自旅行。要相信，你寫下的夢想會以不經意的方式在現實生活中實現。

用自由寫作的方式先將大腦的構思寫下來，然後在生活中實現它們。這就是自由寫作實現夢想的方式。你可以用自由寫作的方式來暢想未來，設計未來的生活，相信在現實中你真的可以過上你所期待的生活。

#自由寫作是通往精神自由之路

二〇一七年，我的目標是影響一萬人從零開始寫作，因為寫作是通往精神自由之路。無論我們身處怎樣的環境，我們都有精神自由的權利。

維克多・弗蘭克（Viktor E. Frankl），曾說：「有一樣東西，別人不能從你手中奪走，那就是最寶貴的自由。人們一直擁有在任何環境中選擇自己態度和行為的自由。」

弗蘭克在第二次世界大戰期間被關進納粹死亡營，遭遇極其悲慘，父母、妻子與兄弟都死於納粹魔掌，唯一的親人只剩下一個妹妹。他本人也受到嚴刑拷打，朝不保夕。

在如此極端的情況下，他悟出了「人類終極的自由」，這種自由是納粹永遠無法剝奪的，超脫於肉體束縛之外。寫作可以幫助我們找回這種「人類終極的自由」，用寫作來自由表達內心深處的想法。

此外，身為女性，更應該筆耕不輟。很多女性都會習慣性地低估自己，內心不自信，覺得自己的想法是微不足道的，也就習慣了緘默不發聲，久而久之，就忘記了自己還有獨立的思想。寫作，是讓自己發聲的方式。當一個人的思想被看見、被聽見，她也就會感受到重視和自信。當你愛上寫作，會變得更加自信，也會更喜歡自己。

開始寫吧，為自己發聲，為通往精神自由。

2.3 毫不費勁寫作的方法

寫作時，有些人往往要等到靈感出現的時候才有東西可寫。而作為專業的寫作者，是不能等到靈感降臨時才寫作的，要有能力在任何時間都可以寫出優秀的文章。《成為作家》（*Becoming A Writer*）一書中說到，成為作家的第一步就是要約束你的無意識，讓它為你的寫作服務。你必須教導無意識按照寫作的需要流動。

當你學會約束你的無意識，你就不需要等待靈感出現才能寫作，你可以什麼時候想要寫作，都能順暢地寫出來，也就是達到「毫不費勁寫作的境界」。

怎樣達到毫不費勁寫作的境界？我來詳細介紹練習方法。

首先早晨起床之後馬上開始寫作。你需要比你習慣的起床時間早起半小時或一小時。起床之後，不要說話，不要讀報紙，也不要拿起前一天晚上放在身旁的書閱讀，而是要立刻開始寫作。

早晨起床就寫，到底該寫什麼呢？寫什麼都可以，你可以想到什麼就寫什麼。比如，昨天晚上做的夢，如果你還能記得，就把它寫下來。或者你前幾天參加的活動，你可以把活動的過程及自己的感受寫下來。你也可以寫日常生活中的對話，真實或虛構的都可以。你也可以進行自由寫作，腦海裡想到什麼就寫什麼。

早晨起床之後立刻開始寫作，不是為了寫出精采的文字或者流芳百世的句子，而是要去約束你的無意識。你可以寫下任何文字，只要不是一派胡言就可以。一開始，你會覺得自己寫下來的文字好像一文不值，或者只是在寫流水帳，但經過長期的練習，你會發現你寫下來的素材其實比你預期的更有價值。

在清晨寫作時需要注意的是，你要將清晨的記憶快速而不加批判地寫下來。不要一邊寫一邊批判自己的文字：「我寫得到底好不好？」，如果一邊寫一邊批判，你很難把自己心中的真實想法寫下來。

寫完之後，你不需要立刻去閱讀你寫下的文字。第二天早晨重新開始寫，也不要重讀你已經寫下來的東西。要記住，一定要在你沒有進行任何閱讀之前進行寫作。

在我的寫作生涯中，我一直使用這個方法。每天早上起床，簡單洗漱之後，我就坐在書桌前寫作。大多數人起床的第一件事是打開手機，或者閱讀一些資訊，而我起床之後直接開始寫作。在寫作之前不會閱讀任何文字，直到寫完文章才會打開手機，這樣外來的訊息就不會打擾自己寫作。

清晨起床後就寫作的方法訓練一段時間後，你會發現自己可以輕而易舉、毫不費勁地寫到一定字數。接下來，你要讓自己的寫作產量提高一倍。也就是說，以前你在早晨能夠寫兩千字，現在你要想辦法寫到四千字。用這個方法練習一段時間之後，你能夠在很短的時間內就感受到這個練習所產生的效果。寫作對你而言，不再是一件令你害怕、令你痛苦的事情，寫作好像也不再是單調乏味的了，相反你會喜歡上寫作，享受寫作帶給你的心靈愉悅的感覺。

清晨醒來就開始寫作的方法還可以幫助你度過寫作瓶頸期。無論多麼優秀的作家，在寫作生涯中都會遇到瓶頸期。在你的整個寫作生涯中，不論什麼時候，只要你面臨才思枯竭的狀態，你就可以用剛才介紹的方法。

當你學會早晨醒來之後就寫作的方法之後，你寫作的產量也提高了，接下來，你要教會自己在任何一個特定的時間段內寫作。具體的訓練方法如下，如果你要訓練自己在下午五點寫作，那麼五點一到，你必須開始寫作。不要找任何藉口，立刻放下手頭的事情，進入寫作狀態。這樣嚴格認真訓練一段時間後，每次到了下午五點，你都能立刻進入寫作狀態。慢慢地你可以換個時間段，比如，早晨十點，下午兩點等。一到你設定的那個時間點，立刻開始寫作，不能找任何藉口。

每次練習的時間不一定要很長，可以每次只練習十五分鐘。你可以像早晨那樣寫作，寫什麼都可以。你可以寫寫你對上司、同事的看法；你可以寫一個故事大綱或對話片段，或者描寫一個你最近注意到的人。不管寫得多麼缺乏連貫性、馬虎潦草，都要堅持寫下去。只要你下定決心自己必須要寫，你就能寫。這樣的練習可以讓你在任何時段立刻進入寫作狀態。

早晨寫作和在特定時間段寫作的練習保持下去，一段時間後，你就能夠降服你的潛意識，在任何時間隨心所欲地寫出流暢的文字，也就是達到毫不費勁寫作的境界。

2.4 讓寫作成為一種生活方式

學會自由寫作和毫不費勁的寫作方法之後，我們要讓寫作成為一種生活方式。

葉聖陶和夏丏尊先生在《文心》中寫道：「寫作是生活中的一個項目。寫作與吃飯、說話、工作一樣，是生活中必不可少的事情。作文是生活，而不是生活的點綴。寫作便是生活本身。」

寫作是一種生活方式，世間萬物皆可成為寫作素材。

看完一本書，闔上書本，你可以寫一篇讀後感；比如，看完這本書有什麼收穫，是否贊同作者的觀點，書中的哪些方法可以在生活中實踐。

看完一部電視劇或者電影，你可以寫一篇觀後感；比如，這部電影講的是什麼故事，哪個情節給你留下深刻印象，你喜歡哪個角色，為什麼喜歡這個角色。

去一個地方旅遊，你可以寫一篇遊記；比如，遊覽了哪些景點，有什麼特色，路上有什麼所見所聞，有怎樣的文化和風土人情。

聽了一些線上講座，你可以寫一篇學習心得；比如，講座分享了什麼內容，有什麼啟發，如何將講座裡的觀點運用到自己的實際生活中。

你可以描述職業或生活中遇到的困難；比如，該如何更好地跟上司相處，未來的職業規劃。

你也可以記錄自己的情緒。比如，我為何生氣，以前是否也曾為這樣的事情生氣，為何傷心，為何欣喜……當你描述自己的情緒時，你對自己的情緒會更加瞭解。

有些人會說，這樣做不累嗎？我看書只是為了消遣，看完不想思考；觀看影視劇是為了放鬆，瞭解那麼多背景知識幹嘛；去名勝古跡遊玩，是為了拍照，何必花心思瞭解當地的風土人情，寫遊記……

當寫作已經成為你的生活方式時，做這些一點也不累，相反，寫作會給你的生活增添很多樂趣。比如，旅行時，你花心思去瞭解當地的風土人情，你的旅行就不是走馬觀花，平常寫作時養成的敏銳觀察力，會讓你在旅途中看到一般遊客所看不到的事物。

”

寫作，不僅是一種生活方式，也是一種學習方式。知識爆炸的時代，每天輸入大量的資訊，如果不去整理，這些資訊並不能為你所用。通過寫作，你可以整理這些零碎的資料，為你所用，整合吸收，轉化為知識。笛卡兒（Rene Descartes）曾說：「我思，故我在。」對於寫作者而言，可以是：「我寫，故我在。」

“

2.5 寫作的六大工具

在寫作訓練營的分享課中常有學員問我，是手寫還是使用電腦寫？有什麼推薦的寫作工具？我發現有必要介紹寫作工具。

首先來回答手寫與使用電腦寫作的問題。剛開始寫作的小夥伴常常會糾結，到底是手寫還是用電腦寫作。這個問題背後有一個擔憂：用電腦寫作會不會寫不出來，但用手寫又太慢了，因此陷入兩難境地。

現在大部分人都是用電腦寫作，畢竟打字比手寫快。手寫的文章如果想要發布在自媒體平臺上，還需要打字錄入到電腦裡，也是比較費時的。

採用了手寫方式，我一開始也有這樣的擔憂。那時候每天在筆記本上手寫四百字，持續了一百多天，寫了滿滿幾個筆記本。後來才開始用電腦寫作。開始用電腦寫作之後，寫作速度有了大幅提升，畢竟打字速度快。從那之後，基本上都是用電腦寫作。習慣了電腦寫作之後再用手寫，就會有「提筆忘字」的尷尬。

當然，手寫也有手寫的好處。我手寫我心，手寫的文字有時候更貼近內心深處的真實想法。有些時候面對電腦無話可說，用手寫的方式卻能打開思路。手寫和電腦寫作並不是二選一，而是要看自己的習慣。對於大部分人來說，以電腦寫作為主，手寫為輔。

解決了手寫與使用電腦寫作的問題之後，接下來分享六款寫作工具。

簡書

簡書不僅是寫作平臺，也是不錯的寫作工具。我最開始使用簡書時就被其簡潔的寫作介面吸引。在簡書的主頁：www.jianshu.com 註冊一個帳號，然後按一下「寫文章」就可以開始寫作之旅。

在簡書寫作，幾乎不需要花時間排版，作者只需要專注寫作即可。寫完文章，花一到兩分鐘編輯一下文章，插入圖片、加粗小標題等簡單幾步，一篇文章就編輯好了。簡書有網頁版，也可下載簡書App。不方便用電腦寫作時，可以隨時用簡書的App寫作。我去美國旅行時，在巴士上無事可做，就在簡書App上用手機寫作，寫完後上傳圖片，就可以發布文章，非常方便。

Markdown 編輯器

對於寫作者來說，想要花更多的時間來寫作，而不是排版。但不同自媒體平臺的排版確實會花費一些時間。如果你想要節省排版時間，可以試試用 Markdown 編輯器寫作。

用 Markdown 寫作有以下幾個優點。

第一，寫作中添加簡單符號即完成排版，所見即所得，讓你可以更專注於文字而不是排版。

第二，相容性好。Markdown 是純文字，相容性非常好，所有的文字編輯器都能打開，因此不會出現文件打不開這樣的尷尬情況。

第三，格式轉換方便，Markdown 的文本可以輕鬆轉換為HTML、PDF、電子書等。

第四，Markdown 是一種電子郵件風格的標記語言，它的標記語言非常簡單。比如，你想要寫標題，只需要在前面加「#」號，一級標題為「#」，二級標題為「##」，三級標題為「###」，以此類推。如果你要寫列表格式，只需要在前面加上「-」就可以。如果你引用別人的文字，只需要在引用的文字前面加上「>」就可以。你想要有粗體效果，用「**」包含一段文本就是粗體效果，用「*」包含一段文本就是斜體的語法。從這些例子中可以看出 Markdown 語法很簡單。

第五，使用 Markdown 寫作可以輕鬆實現多平臺的排版。對於自媒體寫作者來說，排版是一件費時費力的事情，而且各個平臺的樣式各不相同。使用 Markdown 寫作可以輕鬆搞定不同平臺的排版，不會出現格式錯誤。即使是微信公眾號這個比較耗時的自媒體平臺，也可以使用 Markdown 來排版。用 Markdown 寫作，然後在 Chrome 流覽器上安裝 Markdown Here 外掛程式，從而可以實現一鍵排版。

如果你想要用 Markdown 寫作，可以選擇 Markdown 編輯器，如 Typora、MacDown、MarkdownPad 等編輯器，或者把簡書切換到 Markdown 寫作模式，就可以用 Markdown 來寫作。

#小黑屋

小黑屋是一款能夠讓你專注寫作的軟體。寫作時，有時總是會以查資料為名，然後迷失在網路裡。等回過神來，發現時間已經過去半個多小時，還有些時候遇到卡關的地方就不想寫了，然後逛逛網頁，拖延寫作。

”小黑屋這款寫作軟體就是設計來拯救拖延寫作者的，它讓寫作更加高效。小黑屋的「鎖定」功能可以幫助作者排除其他干擾，集中全部注意力在寫作之上。使用小黑屋的鎖定功能，電腦螢幕只能顯示小黑屋的寫作介面，沒有完成任務之前無法退出，也無法使用電腦的其他功能。“

鎖定功能有兩個選項，即字數鎖定和時間鎖定。選擇字數鎖定，必須完成選定的字數，如一千字、兩千字等，不寫完這些字數就無法使用電腦的其他功能。選擇時間鎖定，必須寫滿規定時間才能使用電腦的其他功能。

我第一次使用小黑屋軟體寫作就愛上了它，因為寫作特別高效。寫作時心無旁騖，只能聽到打字的聲音，那種感覺特別好。

用小黑屋還可以逼著自己寫完一篇文章。有一次，我用小黑屋寫作，設定了四千字的寫作要求，寫到一千多字時，我就卡關了，平常這個時候，我會忍不住點開網頁，看看新聞，刷刷微博。但這次電腦被完全鎖住了，什麼也幹不了。我站起來，走到客廳，吃了一根香蕉，然後再回到書桌前繼續寫剩下的三千字。當「鎖定」功能解除時，特別有成就感。這就是小黑屋的魅力。有時候對自己狠一點，寫作效率也能提高很多。

Flowstate

如果小黑屋還滿足不了你對寫作速度的追求，那麼你可以用 Flowstate。在這款應用軟體中你只要五秒沒有輸入文字，或者比你設定的時間提前退出，之前寫的文字就會消失。在 Flowstate 裡，你輸入第一個字元時計時就會開始，也就沒有了回頭的餘地，讓你的文字「存活」的唯一辦法就是不停寫下去，直到倒數計時結束。

這款軟體的挑戰可真夠大的。如果沒有足夠的寫作速度，還真是玩不起。像我現在，前面已經寫下近兩千字，如果寫作時稍微思考一下，超過五秒，我之前寫的內容就會全部消失，這可是花了一個小時寫下的內容，如果消失了我會哭暈的。

正因為夠刺激，寫作時才更高效。有用戶這麼說：「在我使用 Flowstate 寫作的過程中，一方面我能感受到巨大的壓力，好像身後有人緊緊追趕一般，但在壓力之外，我也感覺到一種奇妙的放鬆，這種放鬆來自於排除其他干擾之後，全然專注於一件事情的愉悅——不必在意文章的格式、字體，只需關注自己的思路。」

我自己目前還不敢嘗試 Flowstate 來寫作，感興趣的小夥伴可以挑戰下。

#白紙和中性筆

作為網路時代的人，我們已經習慣了電腦寫作。其實，紙筆還是非常好的寫作工具。有時候面對電腦寫不出來，我就會拿出一張白紙，把大腦中的想法寫下來。有時會採用自問自答的方式。比如，我今天為什麼寫不出文章？然後在下面寫自己所能夠想到的原因。比如，因為最近沒有看書，沒有輸入，也就沒有輸出；其實不是寫不出來，就是懶得寫……這也是梳理思路的方法。

紙筆是最好用的，什麼時候有靈感，都可以用紙筆來寫作。有些時候覺得打開電腦麻煩，就先把要點寫在紙上，等有時間再整理到電腦上。

#訊飛語音寫作

剛才介紹的方法要麼是鍵盤輸入，要麼是紙筆寫作。有些人還能用語音方式寫作。我認識一個朋友，每年的寫作量是幾百萬字，每天寫一萬多字。如果用電腦打字，非常耗時，起碼要寫三四個小時。他採用的就是語音寫作，用軟體把語音直接轉換為文字。

語音寫作雖然速度快，但對寫作者的挑戰也大。因為說話的速度很快，如果思考的速度跟不上說話的速度，說著說著就亂了。說話時常常會有一些「呃」、「嗯」這樣的干擾詞，語音也會直接收錄並轉換為文字，修改的時候會比較辛苦。另外，寫作者的邏輯要清晰，說出來的話才能條理清晰。

我自己目前還達不到語音寫作的境界，常常說幾分鐘就不知道該說什麼了。此外，用語音寫作會比較囉唆，口語化嚴重，文字不簡練。

語音寫作不僅速度快，還可以提高表達能力和演講能力。對於經常需要演講，尤其是即興演講的人來說，倒是可以採用語音寫作的方式來鍛煉。

第3章

解密自媒體寫作全過程

本章將介紹自媒體寫作全過程。從明確寫作目的、瞭解讀者到創作六步法。

接著介紹自媒體文章發布的全過程。

在介紹自媒體寫作過程之前，先介紹如何從三個維度來提升寫作能力。

3.1

從三個維度提升寫作能力

初學者提升寫作能力時往往只從一個維度出發，那就是提高自己的寫作技能。從宏觀上來看，寫作的過程包括輸入、處理（也就是資訊加工能力及思考能力）和輸出三個環節。如果從這三個維度一起提升，會比只提升寫作技能的效果更好，進步更快。

如何從三個維度來提升寫作能力？

＃一、保持高品質的輸入

很多時候我們寫不出文章是因為輸入不夠。輸入就像是蓄水池的進水口，只有保持源源不斷的輸入才能有源源不斷的輸出。這個輸入包括有字的書籍，也包括無字的大千世界。

持續的輸入包括兩個維度，一是數量，二是品質。首先要做到大量輸入。當你開始寫作時，你會發現自己的閱讀量會有明顯提升。那是因為輸入的數量要遠遠大於輸出的數量。也許你輸入十萬字，才能輸出一萬字。

其次要提高輸入品質。在電腦術語中有一個詞叫「GIGO」，也就是「garbage-in, garbage-out」，意思是無用輸入，無用輸出，輸出品質是由輸入品質決定的。我們閱讀時也是如此。如果你閱讀的品質不高，寫作時也很難寫出深刻優雅的文字。為了提高輸出品質，必須要提高輸入品質。因此，多閱讀經典書籍，少閱讀速食式內容。

此外，生活是寫作源源不斷的素材來源，要養成善於觀察生活、隨時記錄的習慣，保證寫作的素材來源。

#二、提升思考深度

寫作是一個思考的過程。真正的寫作在於思考，而不是寫字本身。作為一名寫作者，八十%的時間要花在思考上，二十%的時間把思考好的東西寫出來，寫字本身只占二十%的時間。思考得清晰，才能寫得清晰。深刻的文章源於深度的思考。如何提升自己的思考能力及思考深度，這裡介紹四種方法。

1.遇到任何事情多問自己三個「為什麼」

很多時候，我們的思考只是停留於表面，知其然而不知其所以然。不斷問自己「為什麼」，深入挖掘，探求真相。不斷自我提問，比如，「為什麼是這樣？」、「為什麼會發生這樣的事情？」、「為什麼我要做這件事？」不斷問自己為什麼，挖掘內心深處的想法，也是推動自己反向思考，做出獨立的判斷。

2.A4紙頭腦風暴提升思考力

這是《零秒思考力》一書裡介紹的方法，用一分鐘在A4紙上寫下你的想法。將一張A4紙橫放在面前，每張紙寫一個主題，一頁寫四到六行，每行二十到三十字，寫每張紙所用的時間要控制在一分鐘以內。這個方法雖然簡單，但如果長期訓練可以輕鬆提高深度思考的能力。

3. 使用黃金思維圈提升思考的深度

黃金圈法則源於賽門．西奈克（Simon Sinek）的《先問，為什麼？》（*Star with Why?*）。黃金思維圈是幫助我們迅速看透問題本質的利器。看問題的方式分為三個層面。

- 第一個層面是 what 層面，也就是事物的表象，我們具體做的每一件事。
- 第二個層面是 how 層面，也就是我們如何實現我們想要做的事情。
- 第三個層面是 why 層面，也就是我們為什麼做這樣的事情。

大多數人思考問題從 what 角度出發，很少有人能從 how 角度出發，而站在 why 角度思考問題的人少之又少。

> "使用黃金思維圈思考，先想清楚「為什麼」，才能知道該怎麼做、做什麼。從「為什麼」出發的思維方式教我們從本質出發，因為這是一切力量的源頭。以寫作為例，我們首先要去思考「為什麼要寫作」，只有想清楚為什麼，才能有動力持續寫下去。"

4. 熟練使用假設性思考

思考能力強的人有一個共性，就是在平時特別注意觀察和思考，在面對問題時，會從做一個假設開始，然後在解決的過程中不斷驗證自己的想法。

擅長假設性思考的人做事情的步驟是這樣的：遇到事情迅速開始構想假設、驗證假設是否正確、修正假設、再驗證假設的正確性，在做事情的過程中，不斷修正假設，讓自己的思考更接近事實。他們總是保持高度的敏銳，對任何事情都有自己獨到的見解，有問題便積極詢問他人，不斷修正假設，讓自己的判斷更接近事實。

我們平常做決定都是建立在假設的基礎上的，只是很多時候我們自己意識不到這個假設的條件，或者把假設條件當成了事實。可以通過每天寫反思日記或每日復盤的方式，思考每一天的決策是在什麼樣的假設下做出的，產生了什麼樣的結果，自己的假設是否正確，如果不正確該如何修正。

不斷練習這四種方法，可以在一定程度上提升思考力及思考的深度。當思考力提升了，也就能寫出更加深刻的文章了。

三、精進寫作技能

寫作也是一項技能，需要刻意練習才能熟能生巧。每一次寫作都是一次練習，每一次閱讀別人文章，拆解別人文章的寫作方法，也是一種學習。

一方面，可以研究一流作家的寫作方法，加以模仿和學習，提升自己的寫作技能。另一方面，要動筆練習，只有真正動筆寫起來，才能提高寫作水準。此外，還可以閱讀寫作類的書籍，如創意寫作系列的書，這都可以幫助你提升寫作技能。

本書所介紹的方法也是關於精進寫作技能的，按照這些方法練習也可以提升自己的寫作能力。

3.2

解密寫作全過程

自媒體平臺寫作是公開寫作的一種方式，我們不能只寫自嗨的文章。在下筆之前，要明確寫作目的，瞭解讀者。真正動筆寫作時，要根據選題、立意蒐集和選擇素材，組織結構，寫初稿，反復修改等步驟來創作一篇文章。

#明確寫作目的

在動筆寫作之前，先要明確寫作目的，也就是你為什麼要寫這篇文章。初學者常常會把文章寫成流水帳或日記，其實就是沒有思考寫作目的。我們創作每一篇文章都要去思考寫作目的，目的不同，選擇的寫作方式及寫作的文體也不同。以本章為例，本章的寫作目的是讓讀者瞭解寫作全過程。根據這個目的，在寫作時我選擇的是乾貨類的寫作手法，詳細地介紹了寫作過程可以拆解為六個步驟，每個步驟分別需要注意什麼。

#瞭解你的讀者

除了私密日記之外，我們寫的任何作品都需要指向特定讀者，因此要站在讀者的角度去思考，他們有什麼痛點？他們希望看到什麼樣的內容？

有不少寫作者持有這樣的想法：「寫作不需要考慮讀者的感受。」「我想寫什麼就寫什麼，讀者愛看不看。」「讀者看不懂，是他們水準太差。」

> 寫作需要瞭解讀者嗎？我認為是需要的。通過瞭解你的讀者，呈現讀者想要瞭解的內容，或者帶給讀者有價值的內容，你越瞭解讀者的痛點，你寫出來的文章就越能引起讀者的共鳴。

余秋雨曾說：「完全不考慮讀者而自命清高，也是一種人生態度，有時候還是一種值得仰望的人生態度。抱有這種態度的人可以做很多事情，就是不適合寫文章。」

如何更好地瞭解讀者？可以從兩方面入手。一方面是資訊。你寫這篇文章要給讀者哪些資訊？他們已經掌握了多少？如果需要對方根據你的需求做出決定，他們還需要你提供什麼資訊？另一方面是瞭解讀者潛在的態度。讀者看完文章會有什麼樣的反應？他們願意接受你的資訊還是會有抗拒情緒？這些問題在很大程度上取決於你寫的內容是什麼。把資訊和潛在態度納入考慮範圍，你能夠預測讀者可能提出的大部分問題。

自媒體寫作者還可以採用大資料分析的方式勾勒使用者行為畫像。微信公眾號後臺就有這樣的功能：女性讀者和男性讀者的比例、所在城市、圖文閱讀的方式等。另外，也可以根據每篇文章的閱讀量來分析讀者對哪些主題更感興趣。你越瞭解你的讀者，也就更有可能寫出引發讀者共鳴的文章。

#寫作六步法之一：選題

選題是寫作過程中最重要的步驟。選題就是選擇寫作的主題。

自媒體寫作中常見的寫作主題分為五類，第一類是思想類主題。第二類是情感類主題。第三類是認知類主題。第四類是技能類主題。第五類是趣味類主題。寫文章首先要明確主題。主題明確了才能根據主題來選擇素材。文章中所有的素材、案例和故事都要緊扣主題。如果說素材像一顆顆珍珠，那麼主題就是那一根把一顆顆散亂的珍珠串起來的線。如果主題不明確，那些素材就像一顆顆散落在地上的珍珠，是沒有形狀的，讀者也很難猜到這些珍珠能夠組成一個什麼樣的形狀。

好的主題符合以下三點要求。

主題準確：這個準確是指要符合實際，或者符合自己的經歷。

主題新穎：讀者大多喜歡閱讀新鮮的故事，因此在選擇主題時要選擇一些新鮮的素材，或是從一些司空見慣的事情中挖掘出新意。

主題深刻：挖掘事件背後蘊含的深意，要深入挖掘，透過現象看本質。確定選題時，可以採用頭腦風暴的方式思考不同的寫作主題。拿出一張A4紙，列出你所能想到的所有素材，以及所有主題。想到什麼就寫什麼，然後根據寫下的內容確定寫作主題。

有些時候你的選題在一定程度上已經決定了文章的閱讀量。選擇熱門的主題，文章的閱讀量會比平常高一些，選擇冷門的寫作主題，閱讀量很可能比較小。

對於初學者而言，寫文章很容易跑題，寫著寫著就偏離了主題，扯到與主題無關的內容上。第二種常見的情況是文章的內容非常零散，主題不明確，讀者看完都不知道文章的中心思想是什麼，這都是選題沒有做到位。如果選題做不到位，修改時就要花很多時間來刪除或者重寫。

#寫作六步法之二：立意

選定好主題之後，接下來就是立意。立意就是文章所要表達的意圖和情感。立意是為整篇文章確定寫作目的、主旨及中心思想。

立意的基本要求是要有新意。如果沒有新意，就是別人的陳詞濫調，也就沒有寫作的必要了。

> **清代的李漁在《閒情偶寄》裡寫道：「意新為上，語新次之，字句之新又次之。」他的意思是，立意新是最重要的，文風的新意排第二，字句的新意排第三。**

在如今的自媒體時代也是如此，立意上創新的文章往往能夠引發讀者的大量轉發。好文章的作者往往能找到一個獨特的、別人完全想不到的立意。如何尋找新鮮的立意？先從最常規的角度出發寫下這些常規立意，至少寫出三點，然後繞開它們再想新的角度。

#寫作六步法之三：蒐集和選擇素材

選題和立意確定之後，需要蒐集文章的素材。一篇完整的文章需要豐富的素材來支持。

蒐集素材時，第一步先用發散的思維聯想素材，可以使用以下兩種方法進行發散性思考。

第一種方法是頭腦風暴的方式，盡可能多地聯想相關素材。拿出一張A4紙，把所有能夠想到的素材都寫下來。

> 在頭腦風暴蒐集素材時，不要去審視或者批判自己的想法，不要去思考是否可行，先做加法，把頭腦中想到的素材都先寫下來，讓自己的大腦處於完全開放和興奮狀態。

第二種方法是九宮格思考法，把主題寫在九宮格的中間，然後在另外八個格子中分別聯想與主題相關的詞語。比如，當你想到寫作時，你會想到哪些方面？我想到了標題、開頭、結尾、文采、結構、詞彙、素材、文風等。然後，你還可以再選取一個詞，比如，標題作為主體，繼續九宮格思考。

九宮格思考法是一種發散型的思考法，從主題開始，向八個方向去思考，思考與主題相關的八個方面。九宮格思考法還可以迫使反向思考，一般我們想到兩三點就停止思考了，而九宮格必須要填滿九個格子，因此必須思考八點，有時就能想出意想不到的創意。

第二步，去自己的素材庫尋找相關主題的素材。平時我們會積累一些素材，寫文章時首先去自己的素材庫尋找素材。如果是電子化的素材庫，你可以採用關鍵字搜索的方式尋找，或者去素材庫相關主題下一邊閱讀一邊篩選。

第三步，去網路蒐集相關的素材。去網路搜索素材，一定要先思考好自己需要什麼樣的素材，可以用哪幾個關鍵字來搜索。因為搜索素材是比較費時的，自己不思考就去搜索往往很容易迷失在網路裡，浪費時間。經過思考再去搜索，更有針對性，也更加高效。

第四步，篩選素材。在前面三步我們搜集了不少素材，但一篇文章的字數是有限的，不能把所有的素材都囊括進去，所以要進行篩選，要選擇能表現主題的素材。

選擇素材的四個要點

- 選擇與主題相關的素材。刪掉那些與主題無關的素材，或者素材之間關聯度不大的素材。
- 儘量選擇新鮮生動的素材，而不是選擇一些陳舊的、毫無新意的素材。
- 如果素材比較豐富，就選擇典型的素材。典型的素材是指在某一類材料中最富有鮮明個性和典型特徵、最具有代表性且能夠深刻揭示文章主題的素材。
- 選擇真實的素材。寫作要真誠，選擇素材時，也儘量要選擇真實的素材。

用以上四步，確定文章所需要的素材。

#寫作六步法之四：組織結構

選取何種方式組織文章在很大程度上取決於文章的類型，以及我們想達到的目標。

組織文章需要從兩個角度來思考，第一，這篇文章是按照什麼順序來寫？第二，如何更好地將素材組織起來？

文章的寫作順序有時間順序、空間順序、事情發展順序、邏輯順序等。邏輯順序又有總分總、並列法、正反對照法等。文章的寫作順序在後面章節裡會重點介紹。

組織文章時，除了考慮寫作順序還需要考慮素材的使用。一個蹩腳的寫作者可以把一個有趣的素材，變成一篇毫無用處的文章，一個優秀的寫作者則可以把一個毫無用處的素材，變成一篇饒有趣味的文章。

> “組織文章時，根據素材的特點，確定素材的先後順序，先寫什麼素材，後寫什麼素材。根據素材的特點，確定素材的詳略疏密。重要的素材要詳細描述，次要的素材則簡略寫。具體的材料詳細寫，概括的材料簡略寫。讀者不熟悉的材料詳細寫，讀者已知的材料簡略寫。這些都是組織文章時需要考慮的。”

#寫作六步法之五：寫初稿

寫初稿的時候你可以把蒐集到的素材、想要表達的思想按照一定的組織結構快速地寫出來。

寫初稿的時候，要快速寫，要忘記刪除鍵，一路向前，先把初稿寫好。要把「寫」和「修改」分開來，不要一邊寫一邊修改，寫完之後再來修改。想到什麼就寫什麼，不修改，不重讀。

很多人覺得寫作有壓力，是因為想要一坐下來寫就能寫出好文章。因為有這樣的期許，反而沒有勇氣坐下來寫作，害怕自己寫出來的文字太爛，寧願不寫。

《心靈寫作》（*Writing Down the Bones*）一書的作者娜妲莉・高柏（Natalie Goldberg）在書中寫道：寫作時，不要說：「我將寫一首詩。」這種心態會使你當場呆掉。儘量不對自己有所期許，坐在桌前說：「我有寫出世上最爛垃圾的自由。」要是你每一回一坐下都期待著要寫出偉大作品，寫作帶給你的則永遠只有大大的失望。此外，那份期待也會讓你遲遲無法動筆。

我剛開始寫作時也會有這樣的期許，每次坐在書桌前寫作都需要勇氣，因此常常拖延自己的寫作計畫。

把「寫初稿」和「修改」分開來，寫作會變得輕鬆很多。每次寫的時候告訴自己：「先寫完再說，反正後面還要修改。」在這種心理暗示之後，想到什麼就寫什麼。

海明威說過：「一切初稿都是狗屎。」將「寫」與「修改」分開來，每次坐在書桌前都告訴自己：「我有寫出世上最爛垃圾的自由。」然後埋頭開始寫作。

#寫作六步法之六：修改

修改是寫作的重中之重。好文章不是寫出來的，而是改出來的。修改的時候從讀者的角度出發，修改文章的內容、結構和語言。關於如何修改，在後面的章節還會詳細介紹。

以上六個步驟就是文章創作的全過程。以我自己寫的文章〈應屆畢業生，你還想擠破腦袋去世界五百強外企嗎？〉為例來說明寫作過程。

寫作目的：分享自己和朋友在外企工作的經驗，以及在外企工作面臨的挑戰和裁員風險。

了解讀者：這篇文章首發在簡書平臺，考慮到簡書的受眾八十%以上是九〇後和八〇後。他們要麼還是學生，要麼是入職場零～五年的人。他們更關心的是選擇去外企工作是否是一個明智的選擇。

選題：回想自己畢業時熱切渴望進入外企工作的心情，現在依然有很多應屆畢業生非要加入世界五百強外企，再結合受眾也是關心是否應該去外企工作，所以選擇了應屆畢業生是否應該選擇外企作為寫作的主題。

立意：這篇文章的主旨是什麼？根據自己及朋友在外企工作的經歷，選擇外企工作並不像十年前那麼光鮮亮麗，相反有職業發展的天花板及裁員的風險。這篇文章的立意是外企並非你想像得那麼風光，要客觀認清在外企工作的現狀。當然，不管去哪個公司都有其優勢和劣勢，因此在結尾做了昇華：在不確定的時代，不管你選擇外企、國企還是民企，都很難找到一家可以工作一輩子的企業。無論選擇什麼樣的企業，你都應該持續學習和成長。

蒐集素材階段：本身是在外企工作，入職後經歷過組織架構的調整，目睹同事被裁員，但這些素材還不夠充分。有一次線下活動，遇到Tina，她剛被裁員，因為總部關閉了亞太區的分公司。增加了她的素材，讓我意識到可以動筆寫這篇文章。

這篇文章被簡書推到首頁，並被簡書日報收錄，在首頁做了封面圖推廣，在簡書平臺閱讀量二．二萬多，喜歡數近一千，評論超過兩百條。此外，在微信公眾號有近五十多個大號轉載，包括清華南都、生涯研習社等自媒體平臺。

3.3 解密文章發布全過程

在紙媒時代，文章寫完之後接下來是投稿，然後等待編輯審核。審核通過之後文章會印刷在報刊雜誌上。在自媒體時代，接下來要做的是文章發布。

#選擇發布平臺

在自媒體時代，文章寫完之後我們要考慮的是發布在哪個平臺。如果你有時間和精力，推薦全平臺發布。在各個平臺註冊帳號，文章寫完發布到各大平臺。

#數據追蹤

文章發布之後，要及時復盤文章的閱讀量、點讚數、評論數、轉發量等。每篇文章寫完之後，都可以統計這些資料。通過一段時間的積累，可以根據統計資料總結出自己比較擅長寫哪一類型的文章，讀者喜歡看哪一類型的文章等。簡書一哥彭小六自己編寫程式，統計簡書文章的閱讀量，從資料可以清晰看到每篇文章的情況，一方面可以由此來調整自己的寫作方向，另一方面也可以總結每月的寫作情況。

#與讀者互動

對於自媒體寫作來說，發布文章只是第一步，文章發布的後續行為會影響文章的閱讀量。

首先，文章發布後自己通讀一遍，確保沒有錯別字和病句。雖然在文章發布之前已經修改過幾遍，但有時候還是會不小心寫了錯別字。因此文章發布之後要再重讀一遍，如果發現錯別字和病句，要及時修改。有些時候讀者也會在評論區指出文章中的錯別字，你看到留言後要立刻去修改，並對讀者表示感謝。

其次，回覆文章的留言。文章發布之後要及時回覆讀者的留言。在簡書，文章的留言會影響文章的熱度和在首頁的排名。及時回覆留言，一方面可以幫助你增加文章的熱度。另一方面，也可與讀者近距離交流。

回覆讀者的留言，你能夠知道讀者對這篇文章的看法及建議。經常回覆留言，可以幫助你更加瞭解讀者，寫文章時，也能夠直擊讀者痛點，引起讀者共鳴。

#文章備份

很多寫作者直接在寫作平臺上寫文章。比如，直接在簡書上寫文章。文章寫完之後再複製到各大平臺。

我個人覺得，文章寫完之後一定要備份，如果平臺出現問題，還可以找到以前寫的文章。比如，有一次小密圈突然全面癱瘓，無法訪問[3]。如果你的文章只發布在小密圈的平臺，那麼在小密圈的平臺沒有恢復前，你就無法匯出之前寫的文章。

李笑來在寫作《把時間當作朋友》時就遇到這樣的情況，初稿寫完後，網站資料庫損壞，書稿沒了，他只好重新寫一遍。因此，在不同平臺發布文章後也要在自己的電腦、雲端硬碟、雲端筆記裡備份。雖然平臺掛掉的機率比較小，但也要做備份，以防萬一。

另外一個問題就是版本管理。有時候文章發布之後會發現一些錯別字，或者又有新的想法會修改文章。修改完後記得備份最新的文章。

我自己喜歡在 word 裡寫作，定稿後再發布到各大平臺，這樣既可以在自己的電腦中備份，又不會因為網路問題導致文章沒有保存，丟失寫下的文字。有一位寫作朋友就發生過這樣的事情。在某平臺寫了五千多字的文章，突然之間找不到了，辛辛苦苦寫下的五千字就消失了，重新寫一遍也不是剛才寫下的語言。文稿沒有成功保存是最讓寫作者抓狂的一件事，一定要引以為戒。

3.4 寫作的困難是與成千上萬人溝通

我們往往認為寫作僅僅是一種表達方式。其實，寫作不僅是一種表達方式，更是一種溝通方式。表達和溝通只是從字面上理解可能感覺差別不大。從溝通的過程來看，可以明顯感受到兩者的差別。《溝通聖經》（*Mastering Communication*）這本書中用如下流程表示溝通的過程。從溝通的過程

3 小密圈為中國知識付費平臺，二〇一七年七月二十五日突然全面癱瘓，用戶無法登入。官方宣稱是因技術升級，並在八月四日更名為「知識星球」重新上線。然而網友認為，單純技術升級不會全網癱瘓，或許是因內有大量用戶發布色情訊息，觸犯法令，而被勒令下架。

可以看出，溝通的過程包括接收者接收到資訊，並提供回饋。（見下圖）

而表達的過程只是發送者創造資訊，至於管道或媒介及接收者是否接收到了資訊與發送者無關，更不用說回饋了。

自媒體時代的寫作過程更接近於溝通過程。寫完文章後我們要考慮發布的管道，不同的寫作平臺，讀者的群體也各有不同，比如，簡書的讀者群八十%左右是九〇後和八〇後，那麼在這個平臺你寫的文章如果與九〇後關心的內容有關，則更容易獲得高閱讀量。

文章在不同管道發布之後還需要去瞭解文章的讀者接收到了多少資訊，文章是否引起他們的共鳴。同時也要與讀者互動，讀者的留言相當於給文章做出的回饋，通過讀者留言得到的回饋來判斷溝通效果。

我們希望自己寫的文章閱讀量更大，希望更多讀者接收到我們所要傳達的內容，希望他們看完文章能夠理解我們所說的內容，更喜歡他們能接受我們所闡述的觀點、理念和思維等，如果他們能夠改變行為或者態

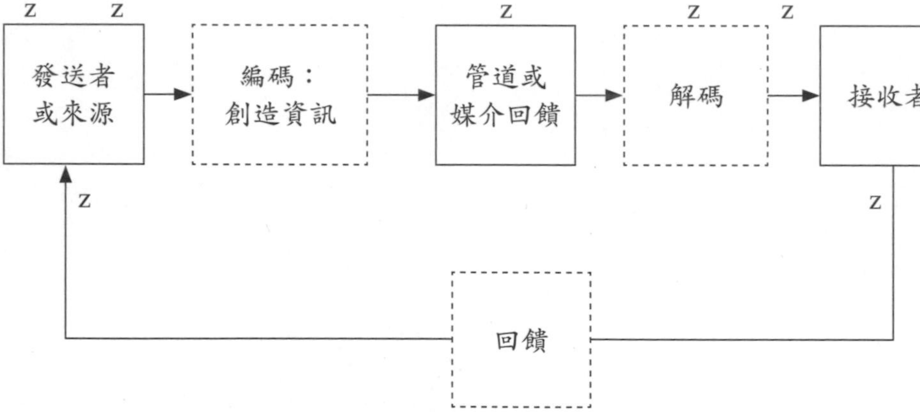

z＝雜訊或干擾

度，那麼對於寫作者來說是最大的肯定。

有人會認為，寫作就是為了表達自己的想法，不應該考慮讀者。如果為了讀者而寫作，那寫作就不純粹了。其實寫作或多或少都是為了溝通。在寫私密文章時，我們是與內心的自己溝通，不斷書寫，更加瞭解自己，瞭解內心深處的真實想法，並相應地採取行動或改變思維。公開寫作既包含與內心的自己溝通也包含與讀者的溝通，具體比例需要每位作者自己去權衡。

美國多產的暢銷書作家、《鯊堡的救贖》一書的作者史蒂芬·金在《寫作回憶錄》中講述自己的寫作過程。寫完小說後，他會第一時間給妻子閱讀。當妻子閱讀時，他會觀察妻子的反應，如果妻子哈哈大笑，說明這部分情節寫得精采。如果妻子讀完沒有什麼表情，說明這部分內容不夠精采。史蒂芬·金認為寫作者至少要寫兩稿。第一稿關起門來寫給自己，第二稿敞開門來寫給讀者。

此外，採用溝通的語言來寫作會讓文章充滿感情。為了使文章寫得生動，有一種方法是想像與讀者對話。比如，寫吵架的語言，就假想有一個敵人需要被你說服，你要跟他吵架；寫戀愛的文章，就假設你是在寫給你的愛人，這樣寫出來的文字就有力量，才能寫到讀者的心坎裡去。寫作時，學會跟讀者戀愛，或者吵架也就掌握了藝術創作的精髓。

只與一個人溝通，有時還會覺得困難，認為對方沒有明白自己表達的意思。有時每個人對同一個詞語的理解各不相同。比如，有一次與朋友約會，我們定好下週三。約時間那天剛好是週日，她是以週一為一週的開始，而我是以週日為一週的開始，因此我們所理解的下週三是不同的。我理解的下週三對她而言是下下週三。我們錯過了約會時間。「下週三」是看似明確的詞語，依然會產生誤解，更不用說因文化、生活環境、個人經歷及個性不同所產生的溝通障礙了。

”寫作是與多人溝通，甚至與成千上萬人溝通，這種溝通的難度可想而知。因此，在寫作時，儘量要用明確的詞語，減少誤解的產生。溝通最大的難度在於理解對方。你要理解對方關心的是什麼話題，他已經有哪些知識儲備，你用什麼方式來表達，對方更容易理解。“

李笑來曾說：「公開寫作，基本上是個尋找最大公約數的遊戲。」尋找最大公約數的前提是，你知道對方是什麼樣的情況，你才能知道你們之間的「最大公約數」大概是多少。因此，你有能力理解多少人，就能擁有多少讀者。

寫作時儘量少用專業名詞。有些人覺得自己的文章寫得越深奧難懂，說明自己的水準越高。學術論文另當別論，日常寫作還是儘量用大家都聽得懂的詞語。唐代詩人白居易做完一首詩會先念給老年婦女聽，如果對方沒聽懂，就回去修改，力求做到老嫗能解。那些千古傳誦的名篇，大多也是通俗易懂，老少皆宜的。

有時候文章的傳播效果會出乎我們的意料。花了很大心血寫的文章，閱讀量寥寥，而有些自認為寫得不怎麼樣的文章，反而能夠大量傳播。有時候文章寫完了，閱讀量的事就不是自己能左右的了。

解決方案就是多寫文章。一方面，多寫文章可以不斷磨煉自己的寫作技能，另一方面收到的回饋可以讓我們深入瞭解讀者的需求，可以在一定程度上把握讀者的喜好，跳出「我怎麼知道別人要什麼」的怪圈。

第4章

媒體創作十法

寫作最難的部分不是寫作技巧，而是要言之有物。而這言之有物，也可以用素材豐富這個詞來解釋。說到素材，寫作者往往會認為自己缺乏素材，因此花了很多時間去蒐集素材。沒有素材是一種錯覺，我們缺的是將素材轉為文章的能力，也就是素材的加工能力。

同樣是看電視劇《歡樂頌》，人家能寫出「《歡樂頌》，當貧窮和出身成為一種原罪」，而你看完什麼都不記得了。同樣是去臺灣旅行，人家能出版一本《從北京到臺灣，這麼近，那麼遠》，而你旅行結束，都記不清自己去了哪些地方。同樣在職場工作，有人能把職場的見聞寫成《杜拉拉升職記》，而你卻只是幾十年如一日地重複自己的工作。

《心靈寫作》的作者娜妲莉在書中寫道：「作家有兩條命。他們平時過著尋常的日子，在蔬果雜貨店裡、過馬路和早上更衣準備上班時，手腳都不比別人慢。然後作家還有受過訓練的另一部分，這一部分讓他們得以再活一次。那就是坐下來，再次審視自己的生命，複習一遍，端詳生命的肌理和細節。」

寫作者與普通人不同的地方在於，他們能夠將自己生活中所經歷的事情通過分辨、加工、重塑、創作為作品。本章的主要內容是講述如何把生活中的小事創作為文章。

4.1 如何把生活中的小事創作為文章

以前學校寫作文的經歷讓我們誤以為寫作文是寫名人的故事，發生在自己生活中的小事不值得寫到文章裡。其實，這是一個誤區。寫文章要寫真正感動自己的事情，只有真情實感，才能打動自己，打動讀者。生活中發生的事情是最好的寫作素材。

但對於大部分人來說，生活是平淡的，不像電視劇，每集都能上演驚心動魄的事情。因此，有些寫作者認為自己缺乏豐富的經驗，缺乏寫作素材。其實，他們缺乏的不是素材，而是加工素材的能力。如何將生活中發生的小事寫成文章，是寫作者需要提升的能力。

介紹十種自媒體創作的方法，把生活中的小事創作為精采的文章。

＃一、把生活中的小事寫成故事

每個人的人生都是一部小說，每個人都是小說的一部分。有些人的愛恨情愁、跌宕起伏甚至比電視劇還精采。我們在生活中會聽到一些傳奇的事情，這些事情可以成為我們筆下故事的主人公。有些作者甚至能夠把生活中的各種小事寫成引人入勝的故事。

寫生活中的故事重要的是真情實感。如果生活中一件事感動了你，你可以寫出來。引起人們情感上的共鳴。寫生活中的故事也需要一些寫作技巧。如果是寫成流水帳或者日記的形式，也許看的人並沒有那麼多，也不一定能引起他人的共鳴。我們挑選自己的經歷，昇華到普世的價值觀，引起讀者的共鳴。讀者雖然讀的是你的故事，卻能夠聯想到自己的經歷，這就是共鳴的過程。

我很喜歡閱讀豆瓣用戶——鼴鼠的土豆的文章。她的文章取材經常是生活中的小事。她不是簡單的寫流水帳，而是能夠寫成或暖心或捧腹的故事。她的文章〈來！我背著你！〉講了她小時候的玩伴少玲和雲升的故事。

今天是村裡幼稚園領被子的日子，我給我家老人領被子，看到雲升領著少玲的二閨女正在辦手續，幼稚園的工作人員問雲升：「您是孩子什麼人？」雲升回頭看看後面排隊的街坊，大聲回答「我是她爸！」後面的人群一下就響起了竊竊私語的聲音。

少玲家跟我們家是世交，我們家祖上是養馬養車的，他們家是開鏢局的，前幾輩人經常合作，我小時候很羡慕他家的哥哥們能夠習武打拳，經常去少玲家玩。少玲爸爸只有少玲一個女孩，視若珍寶。少玲的大伯們生了一屋子男孩，就這一個女孩，稀罕得不得了。

雲升是少玲爸的親傳弟子，雲升五歲那年拜師，少玲爸沒有兒子，把一身的功夫都教給了雲升。我爸活著的時候跟我說有一年開春摔跤，雲升把少玲的哥哥們都勝了，因為這事，少玲的大伯們埋怨少玲爸把家傳的武學教給了外人，雲升為了這個更孝順他師傅。雲升十六歲那年，家裡人中煤氣都沒了，只有雲升因為在高中住校倖免於難。少玲爸心疼雲升，雲升也把少玲家人當親人。

雲升當兵，去送他的是少玲一家，雲升回來探親看的也是少玲一家，雲升在部隊感冒了，少玲爸開車六小時去部隊看雲升。

少玲嫁給了一戶家境殷實的拆遷戶，連著生了兩個閨女，婆婆翻臉了，少玲男人聽他媽的話開始打少玲。復員回來的雲升聽說了以後去拆遷戶家又打又砸，把少玲和孩子接回家去派出所自首，被關了半年，工作也丟了。

出來以後雲升去村裡庫房做了司機，少玲離婚後，那家人不要孩子，兩孩子都判給了少玲，可是少玲去遷戶口，那家人卻不願意。眼看孩子要上學了，少玲著急的不行。雲升帶著少玲去，那家人一下就怕了，老太太扔出戶口本說：「給你，兩賠錢貨你就養去吧！我兒子找大姑娘給我生孫子。」

少玲前夫後來真的找了大姑娘，真的生了個男孩，可是不知怎麼回事發現孩子不是親生的，又辦離婚，又因為財產打官司。

我看到雲升拎著被子，又領著孩子就讓他跟我一起走，雲升說：「開車不好走，我們從村裡過去就行了。」讓孩子管我叫姨，叫我閨女姐姐。我低聲問他：「跟少玲領證了？」他摸摸頭嘿嘿笑著說：「領了，放心吧！」

雲升把裝被子的包掛在脖子上，高聲跟我說：「走了啊！」蹲下來跟孩子說：「來！我背著你！」少玲家老二高興地爬上雲升的背，回頭向我們揮揮手，兩個人唱著歌回家了。

文筆非常樸實，很多讀者留言：看完感動哭了；真實的故事，最感動人。

除了故事打動人，鼴鼠的土豆的寫作手法也是值得我們學習的。開頭留下懸念。文章第一段，幼稚園工作人員問：「您是孩子什麼人？」雲升回答：「我是她爸。」為什麼人群開始竊竊私語？這就是作者留下的懸念，吸引讀者繼續往下閱讀。

接下來，作者用簡練的筆墨介紹了少玲和雲升小時候的故事，以及長大後各自的際遇。讓人唏噓不已。少玲和雲升從小青梅竹馬，也許早就該在一起。只是這些年兜兜轉轉，彼此錯過了。中間部分的描述取捨得當，幾十年的經歷，挑選了重點的情節來描述，而不是用流水帳的方式講述小時候到成年的故事。

在結尾，作者低聲問雲升：「跟少玲領證了？」雲升摸摸頭嘿嘿笑著說：「領了，放心吧！」簡短的對話，既解開了開頭「我是她爸」的疑惑，又給少玲和雲升的故事做了結尾，有情人終成眷屬。結尾一段細節描寫，讀完特別溫暖。「來！我背著你！」點了題。

生活中我們遇到觸動自己的事情也可以採用故事的寫法，將這些小事創作為引人入勝的文章。

臺灣著名作家吳念真是把生活中發生的小事加工成故事的頂級高手。他被譽為「全臺灣最會講故事的人」。他的作品《這些人，那些事》講的就是他身邊人的故事，有些甚至是他不經意聽來的故事，但他卻能從這些平常的事情中，創作出一個個經久不衰的故事。如果你想要提升寫故事的能力，可以研究下吳念真老先生是怎麼創作故事的。

#二、從小事中挖掘深刻的道理

生活中，總會發生各種小事，作為寫作者要保持一種敏感度。要多問自己幾個「為什麼」，去挖掘小事背後的道理。

生活是寫作源源不斷的素材庫。藝術源於生活，又高於生活。當我們選取了素材之後，如何加工，就靠你的思考能力和寫作水準了。同樣的食材，新手和大廚做出來的菜肴差距就是很大。我們要做的就是不斷練習，不斷刻意模仿。

> 不要覺得自己的生活很枯燥和單調，沒什麼可寫的素材。我們非常熟悉的〈背影〉講的是一件很小的事情，朱自清的爸爸跨過月臺去給他買橘子。龍應台的〈目送〉講的也是幾件很小的事情，送兒子上學，兒子沒有轉身，父親送自己上學，去看望生病的父親。這樣的生活經歷我們都曾有過。只是我們很容易忽略生活中這些細節，而優秀的作家會捕捉生活中的細節，投注情感，寫出感人肺腑的名篇。

當我們閱讀〈背影〉、閱讀〈目送〉的時候會非常感動，為什麼呢？因為我們都有過這樣的經歷，作者講出了我們想要表達卻不知道如何表達的情感。

我之前寫過一篇文章——〈愛不愛自己，只看三點〉。這篇文章的素材非常簡單，丈夫外出參加聚會，我一個人在家，隨便煮了點麵條作為午餐。就是這麼一件小事，我卻寫出了一篇爆文，不僅在簡書的閱讀量很高，而且超過五十個公眾號轉載。

這麼小的一件事，有什麼值得寫的？如果不是因為自己是一名寫作者，這樣平常的事情確實也不會放在心上。作為一名作者，會比普通人更敏感。我忍不住問了自己一個「為什麼？」為什麼丈夫不在家，我就懶得做飯？

進而我發現很多女性都有類似的經歷：老公孩子在家時，總是會做一桌子菜，而自己一個人在家時，就隨便應付。我們為家庭做了一輩子的飯，卻不願意為自己做一頓可口的飯菜。寫著寫著就想到了〈愛不愛自己，只看三點〉這個標題。

第二點是寫是否關注自己的健康。之前聽說了不少猝死的新聞，但這些素材不知道該如何轉換成文章。在寫這篇文章的時候恰好用上了。由此說明，生活中遇到素材一定要先積累起來，說不定以後在某篇文章裡可以用到。

文章中當然也引用了生活中其他一些小事，但如果不是因為寫這篇文章，也不會聯想起另外的那幾件小事。

以生活小事為素材寫的文章，如果能夠引起讀者的共鳴，閱讀量也會比較高。發生在你身上的小事，也許也曾發生在讀者身上，因此讀者閱讀時就會產生共鳴，會感同身受。

有些人覺得生活中沒什麼素材可寫，其實是因為你不知道如何去挖掘這些小事背後的價值。對於大多數人來說，生活中發生的大多是小事。如果天天發生大事，那生活豈不是雞犬不寧。

關鍵不在於事小不小，而在於你如何挖掘小事背後的道理。那些困擾你的、引發你思考的小事都可以成為你的寫作素材。關鍵是要去思考，不僅僅是描述一件事，而是這件事引發了自己什麼思考，或者引發了自己什麼情感。另外，選材切入點也很重要。每個事情可以從很多角度來寫，選擇什麼角度來寫也是一項技能。你越瞭解自己，越瞭解讀者，你對於選擇切入點也會更加得心應手。

#三、找共性，串聯法

生活中發生的小事可以根據一個主題把不同的事情串聯起來。暢銷書作家一直特立獨行的貓寫過一篇文章，名為〈一個小地方出來的中專女生，現在一年賺一百多萬啊！〉，講了三個小故事。

第一個故事講的是安裝升降晒衣架的師傅。師傅說他從二〇〇四年來北京就做這個裝升降衣架的活兒，到現在做了十二年了。在北京打工多年，給兒子買了房子、車子，兒子也結婚了。

作者總結道：其實技術工作就是這樣，靠手藝靠經驗，很多人以為簡單的東西其實並不簡單。一個工作幹得深入了，才能看到裡面的門道兒，當然，賺錢也才能越來越多。

第二個故事是４Ｓ店的保安。作者的車發生碰撞，在４Ｓ店裡等拖車，與門口的保安聊了起來。保安問她：「妳買房了嗎？」聽到作者說買了，保安說：「那妳不錯，我也買了，在通州。我把老婆孩子都接過來了，我們都一起住，老婆在家看孩子，我打工。妳看我經常早晚班一起上，不怎麼回家。多掙錢，男人嘛，對不對。」一個保安靠著自己的努力，給妻兒一個安穩的家，自己覺得很幸福很驕傲。作者認為這是她那天在４Ｓ店裡聽到最感動的故事，一直念念不忘。

前兩個故事是引子，第三個故事才是重點，就是題目裡講的一年賺一百多萬的中專女生。這個女生是作者朋友大王的媳婦。小地方出來，學歷也不高，卻靠著自己的奮鬥，年入一百多萬。

這三個故事不是隨隨便便地堆砌，而是為了說明共同的主題：他們三個人就是一個城市裡最普通的三個小人物，他們沒我們學歷高，沒我們背景好，也沒什麼所謂的平臺和起點，連抱怨父母不給力或者社會不公平的機會也沒有。這種方法就是生活小事串聯法。根據主題，把生活中遇到過、聽到過的小事串聯起來。

＃四、乾貨法

現代社會所需要的技能遠遠超出古人的想像。因此，現代人必須保持終生學習的習慣。在生活中，如果你經歷了某種事情，獲得了某種經驗，就可以把這些經驗分享出來。

比如，你申請過美國簽證，你就可以將這件小事寫成一篇乾貨類文章〈我是怎樣獲得十年簽證的〉。如果讀者正好也需要申請美國簽證，就可以從你的文章中瞭解申請的流程及注意事項。又比如，在職場中，你是面試官，你發現應屆生面試的時候總是犯一些常見的錯誤，那麼你就可以總結一篇文章〈面試過程中，你一定要注意這7件事〉等。

我常常鼓勵寫作訓練營的小夥伴們從自己的專業出發，用文字分享自己的專業所長。比如，有學員是兒科醫生，那麼她可以分享兒童如何預防感冒等兒科中最常見的病症及預防措施。

在自媒體寫作大營中，乾貨類寫作也是重要的一部分。我自己寫的大部分文章都屬於乾貨類，比如，〈想從零開始寫作，5個方法讓你輕鬆入門〉、〈如何有效閱讀一本書，寫出精采的書評？〉、〈3個方法讓你的學習效率提升3倍〉等。

乾貨類文章的重點是方法，你要提供解決問題的實用方法。以下是我總結的乾貨類寫作的要點。

主題明確：你要解決什麼問題。比如，提升學習效率。整篇文章圍繞提升學習效率這個主題。

方法實用，講述清晰：乾貨類文章是為了給讀者提供方法論，你提供的方法要對讀者有幫助，而且最好是讀者所不知道的方法，這樣對讀者才有意義。在寫作過程中，要用簡潔、清晰的語言把方法的步驟講清楚。

加入生活案例：如果只是寫方法，文章就太枯燥了，變成了乾巴巴的說明文。在寫乾貨文時也要加入一些生活的故事和案例，一方面用來佐證方法，另一方面讓你的文章更有趣，畢竟故事讀起來更加輕鬆、有趣。

加入金句：即使是乾貨類文章，也要提煉出幾個金句，既可以昇華文章的內容，也可以讓讀者印象深刻。

標題體現乾貨和價值：乾貨類文章在標題裡就要體現滿滿的乾貨，讓讀者看完標題就認為這篇文章能夠帶給他收穫。乾貨類標題可以帶有數字，比如，〈想從零開始寫作，5個方法讓你輕鬆入門〉等。

#五、問答法

提問和回答的寫作方式也是自媒體寫作中常見的寫作方式。秋葉大叔的公眾號常常採用這種方式。秋葉大叔的公眾號基本是日更的，他哪來這麼多的寫作主題？他的寫作主題很多是讀者或者網友的提問。

我們先來看下從二〇一七年十月九日到二〇一七年十月十二日這幾天，秋葉大叔文章的標題：〈為什麼我不能堅持？〉、〈為什麼我不選擇做自由職業者？〉、〈如何快速切入培訓師這個行業？〉、〈請問要怎麼做，才能讓招聘的HR感觸「哎喲，這個人不錯！」〉、〈一張圖教你看懂熱愛工作的真相〉、〈什麼是複雜技能？〉。

這些文章幾乎都是以一個問題為標題，然後在文章中，秋葉大叔用自己的職場經驗來回答讀者的困惑，給出獨家的解決方案。

問答類的寫作過程也就是提出問題、解決問題的過程。如果你是經驗豐富的職場高手，你就可以採用秋葉大叔的寫作手法，用提問和解決方案的方式來給讀者答疑解惑，並且提供獨家的解決方案。

這樣的寫作方式，寫作主題源源不斷。

回答讀者的提問還可以鍛煉自己的思考能力。一段時間的積累，能夠非常清楚地了解自己的受眾群體，瞭解他們的痛點及需求，這樣寫文章也就更有針對性。

如果你不知道該回答什麼問題，可以去逛逛知乎、百度知道、手百問答等問答類平臺，網友的提問會給你源源不斷的問題。你不僅可以根據網友的問題寫成一篇文章，還可以將自己的回答複製到問題下面作為回答，在不同的問答平臺積累粉絲。

#六、時評法

以前報紙和雜誌通常有時評文章。其實，這樣的時評文章在自媒體時代也是非常受歡迎的。因為讀者對熱點的事件非常關心。

時評文章一般根據熱點事件，結合自己的故事，闡述自己的解讀和評論。時評文章的閱讀量會比平時的文章更高，因為熱點話題自帶流量，寫時評文章就可以蹭上熱點的流量。如果觀點獨樹一幟很容易成為爆款的10w+[4]文章。

時評文章的特點是「評」，就事論事，就事說理，以熱點事件作為評論對象，針對某一件具體的事情來評說。時評文章的寫作要點如下。

- 簡單概述熱點事件。

4 平均閱讀數量達十萬以上。

* 根據熱點事件，進行多角度、多層次的評析和解讀。
* 聯結現實生活中的例子或者結合自己的故事進行闡述。
* 提出解決方案。根據熱點事件，分析背後發生的原因，探求一定的解決方案。這部分可寫也可不寫。畢竟不是每個熱點事件都能提出解決方案。
* 得出結論或者結尾金句結束。針對熱點事件或社會現象，在評論的基礎上得出結論，強化自己的觀點，或者以金句結束，引發讀者的反思和共鳴。

追熱點是自媒體寫作者的基本能力，後面章節我還會具體介紹追熱點的方法。

#七、訪談法

寫自己的故事和過去的經歷，畢竟素材是有限的，寫著寫著就沒有素材可以寫了。傳統紙媒通常有人物刊，採訪一些名人故事。在自媒體時代，也可以用訪談的方式來寫作。不過，寫作方式可以與傳統的採訪不一樣。

傳統的報紙雜誌一般都採訪名人。如果沒有好的背景和平臺，個人是很難採訪到名人的。其實，每個人身上都有獨特的故事，只要你能找到亮點，找到普通人身上的故事，這樣的人就可以成為你的採訪對象。

我之前寫過一些訪談類的文章，比如，〈25歲，人生重新開始〉、〈努力的姑娘，運氣都不會太差〉、〈大學生，如何在畢業前攢下8萬塊？〉等，這些都是訪談類文章，而且訪談對象不是名人大咖，只是身邊人。

＃八、濃縮萃取法

我們可以把自己看過的書、看過的電影、聽過的演講整理成筆記，觸發感想，再萃取精華，成為一篇文章。

每年閱讀一百本書以上的自媒體達人Warfalcon，他經常把自己看過的書分享給讀者，採用的方式就是濃縮萃取法。比如，他的文章〈把這21條最基本的時間管理建議變習慣，你就是精英〉是他看完《時間管理：先吃掉那隻青蛙》（*Eat That Frog!*）觸發的感想，以及書中的二十一條時間管理建議。文章〈忽視失敗，掩飾錯誤，你正毀掉最寶貴的學習機會〉是他看完《失敗的力量》（*Black Box Thinking*）觸發的感想，概括書中的精華。

平常我們看完一本書也可以採用這樣的方式來寫一篇書評或者讀後感。看完一部電影可以寫一篇影評或者觀後感，聽完一個演講可以寫一篇聽後感，參加一個活動可以寫活動收穫和總結。萃取精華法將我們的所見、所聞、所學、所讀濃縮為精華，分享給讀者，給讀者帶來價值。

＃九、深夜十則

中學時代我們學過〈論語十則〉，摘錄了《論語》中的十則。在自媒體時代也可以模仿這個樣式。比如，將大腦中的一些靈感和個人生活的感想寫成像「深夜十則」這樣的小短文。在文章裡，可以寫十則能夠引起讀者共鳴的感觸，與讀者分享和探討。

剽悍一隻貓的文章有自己鮮明的特色，他時常採用「深夜十則」這樣的方式，一方面可以拉近與讀者的距離，另一方面，還可以把自己零碎的思想整理成一篇文章。平常有靈感和想法時可以隨時記錄下來，等積累到一定程度，可以將這些隨感組合成文章。

V先生專欄的作者V先生有一個欄目叫作《V先生日知錄》，用日知錄的方式將每日的所思所想整理成文。每日的思考也能給讀者帶來啟發，引發讀者的思考。

#十、吐槽法

生活中發生的一些小事，有時候忍不住要吐槽一下。我之前寫的文章〈不要再給我送書了，我討厭看書〉就是一篇吐槽文。公司舉辦了生日會，有交換禮物的活動，我帶了一本書去交換，結果書被冷落了。由此引發了我的思考和吐槽。我發布了這篇文章後在簡書引起了熱烈的討論，文章也被簡書官方公眾號及其他公眾號轉載。有的讀者也遇到過跟我類似的經歷，還有些讀者說，我最喜歡別人送自己書作為禮物，有人說書要送給合適的人，而不是送給不愛書的人。

自媒體的寫作是一種互動式寫作，你在吐槽時會引起有類似經歷的人一起開始討論和互動。

寫吐槽文常常是幽默的文風，往往會寫得比較有趣。在自媒體寫作中有趣的文章往往容易脫穎而出。社會節奏如此之快，人們的生活壓力如此之大，閱讀一些輕鬆有趣的文章，也是生活的調劑品。比如，《糗事百科》蒐集各種尷尬的糗事。如果你在生活中發生了一些糗事，也可以用這樣的方式分享出來。

4.2 四種訓練方法

前面介紹了如何將生活中小事創作為文章，有些讀者會問，如何提升將生活中的小事創作為文章的能力呢？接下來介紹四種練習方法。

一、讓你立刻停下來的三件事

如何將生活中的小事根據某個主題串聯起來？如何挖掘不同小事之間的關聯？這是將生活小事寫成故事的困難所在。

創意寫作課堂中有專門的練習來幫助寫作者挖掘不同事件之間的關聯性。一位美國教授設計了一個關於發現和思考的寫作訓練，讓學生們寫「讓我立刻停下來的三件事」。具體的操作方法如下。

在一週之內，每隔兩三天寫下一件讓自己立刻停下來的事。比如，這個月十號你最好的朋友在車禍中受傷了；十二號，氣溫突然變冷，從十度急降到了零度，因氣溫突降發生了出乎意料的事；十四號你本來約了一場非常重要的訪談，結果突然被取消了。

寫這三則即興筆記時可長可短，筆調可以嚴肅、沉重、戲謔、困惑、喜悅、失望，一切都取決於這三件事的性質和描寫時的心情。如果在一週內你只能寫出兩件「讓你立刻停下來的事情」，那就從自己的回憶中找一段過去的經歷，但這件事最好是在自己的腦海裡縈繞了很久的事。在寫這三件事時，你還可以思考下，這三件事為什麼引起了你的注意，為什麼會讓你立刻停下來。

寫完這三件事，接下來需要在這隨意寫下的三件事中找出它們相互關聯的線索，發現它們的內涵或意義。也許你會覺得把這三件事聯繫在一起有一些牽強附會，但是只要能夠把這三件事聯繫起來，就會創造出無限可能，而且會創作出出乎意料的故事。

你可以根據同一個主題把這三件事聯繫在一起，你也可以根據一種感覺把這三件事聯繫起來……當你找到它們之間的關聯之後，你可以寫一兩段有思想深度的分析性文字。

“「讓你立刻停下來的三件事」，這個方法的訓練目的是讓寫作者對周圍的事物更加敏感，去發現一些已經知道但還沒有意識到的事情，通過刻意尋找和發現，從生活中獲得豐富的寫作素材。”

這個練習也讓我們意識到，寫作素材就在我們的日常生活中，就在我們難忘的記憶裡。但是這些素材想要成為寫作的題材，還需要作者進行思考、分析，找到素材之間的關聯。這種關聯不一定要寫出來，但這種關聯的發現很可能就是寫作的立意或主題。

每個月可以定期採用這種方法來訓練自己挖掘事件之間內在關聯的能力。這樣的練習能鍛煉你發現和思考及尋找獨特寫作視角的能力。

#二、拼貼法

藝術創作中有一種叫作「拼貼畫」，拼貼畫是一種由許多材料組成的藝術作品。這些材料甚至可以是廢舊物品或自然材料，如紙張、織物、郵票、塑膠、標籤、瓶蓋、火柴、紐扣、自然材料（樹皮、葉子、種子、蛋殼、貝殼等）等。「拼貼畫」可以讓你用各種各樣的材料做出驚人的藝術品。拼貼分為如下兩步。

第一步：調查、研究和蒐集，從「碎片化」的素材中挑選出與個人設計主題最契合的部分元素。

第二步：對元素進行揉合、重組、疊加，從而創作出令人驚豔的藝術作品。類似於藝術創作的「拼貼畫」，寫作時也可以用拼貼的方法來創作一篇文章。

用拼貼的方法來寫作有兩種方式。

第一種是從各種雜誌、舊報紙中剪下吸引你的照片和事件，然後挑出三～五張放在書桌上，根據挑選出來的照片和事件進行拼貼，創作出一篇完整的文章。

第二種拼貼法是將自己寫的一些獨立事件進行拼貼。比如，你用自由寫作的方式，寫下三～五個獨立的、以某種方式彼此相關的事件，然後把它們的順序打亂，重新安排順序，用拼貼的方式讓自己的文章呈現不同的可能性，最終創作出讓自己驚喜的文章。

在寫作時，可以嘗試用拼貼法，自媒體創作十法中介紹的第三個方法「找共性，串聯法」其實也是拼貼法的一種，根據同一個主題，把獨立的事件拼貼在一起。

#三、卡片法

你可以在卡片上寫下一些關鍵字，然後隨機抽取某幾張卡片，根據卡片上的內容，創作一篇文章。丹提·W·摩爾（Dinty W. Moore）教授的《罐頭中的實驗型小散文》書中，他要求學生準備四張特大的卡片，第一張「描述一種你曾經聞過的氣味」；第二張「描寫你所愛的人的某個部位」；第三張「寫一句你曾經聽過的話，一句你年輕時經常聽到的話」；第四張「創建一個由三十個片語組成的列表，詞與詞之間沒有任何關聯」。然後根據四張卡片上的內容，用拼貼的形式寫一篇文章。

當你根據卡片上的提示，用拼貼的方式完成一篇文章時，你會為自己發現的意想不到的關聯和古怪的邏輯感到驚奇。

摩爾教授設計的這個訓練是反駁「所有孩提時期的故事都應該按照時間順序來講述的」的教法，他認為「有時在看似毫不相關的並置陳述中，我們會有新的發現和洞見。換句話說，邏輯並不是通往真理的唯一途徑」。

仿照摩爾教授設計的卡片寫作法，我們可以在卡片上寫下一些毫無關聯的句子或者資訊，然後發揮自己的洞察力，將過去發生的事情按照意想不到的邏輯串聯起來。

與摩爾教授的卡片法類似，在《開發故事創意》（*Developing Story Ideas*）一書中也提到了卡片法來創作故事的遊戲，書中把這個遊戲稱為「CLOSAT遊戲」。這個單詞的每一個字母都有自己的含義。

C＝Character，某個人物。L＝Location，視覺化的地點。O＝Object，讓人好奇或者能夠引起共鳴的物件。S＝Situation，充滿矛盾或者揭示性的情境。A＝Act，不同尋常或揭示性的行動。T＝Theme，任何你感興趣的主題。

你可以自己製作CLOSAT卡片，在你製作每一張卡片時，就能鍛煉你寫故事的能力。在《開發故事創意》一書中，作者舉了一個典型的CLOSAT卡片的示例，這是一張人物卡片，描述了這樣一個人物。

羅尼，電影院經理C（人物）

一個七十多歲的老人，銀白的頭髮齊刷刷地梳到後面，以蓋住禿頂的部分。身穿廉價的西褲和襯衣，戴一副沉重的金絲鏡框飛行眼鏡，護住銀色的眼睛。他像一個水手一樣咒罵這破敗的電影院，哀悼好萊塢崢嶸的過往歲月和黑白電影時代。他微笑著歡迎任何六十五歲以上的顧客，卻對其他人怒目相待。他不停地抽菸，不停地喝咖啡。

模仿這一張人物卡，你可以寫下生活中某個人物，如你的同事、你的家人或者你的朋友，也可以是在路上偶然遇到的陌生人，你可以描述他的外貌、神情、動作、愛好、性格特點等。

當你創作完CLOSAT這六張卡片時，你把它們放在你的跟前，根據這六張卡片的內容來創作一個故事。

在平時的生活中你可以豐富CLOSAT卡片，每次看到有趣的人物就寫一張C，看到特別的地點就寫一張L，看到引發你好奇的物件就寫一張O，遇到充滿矛盾的事件就寫一張S，看到不同尋常的行為就寫一張A，想到某些主題可以寫一張T。這也是一種蒐集寫作素材的方式。

當你的CLOSAT卡越來越豐富，在寫作時，你可以從每一類卡片中抽出一張，然後把六張卡片放在眼前，根據卡片的內容來創作故事，這也是卡片創作法。

除了自己蒐集卡片的內容，你還可以使用一些現成的卡片，如OH卡。OH卡也稱為潛意識投射卡。我覺得是一種非常好的創作故事的卡片。我曾經參加某次OH卡線下活動，主持人讓每個小組隨機抽取四張牌，然後在五分鐘內根據卡片上的畫面編一個故事。編完故事每個小組派一個代表分享小組故事。遊戲的過程很有意思，每個人都特別有創意，在短短五分鐘內編好了故事，而且腦洞大開，有不少驚險的、離奇的、感人的故事。那一次活動讓我意識到每個人都有創作的能力，只是很多時候我們沒有去使用自己編故事的能力。你可以隨機抽取OH卡，根據OH卡上的畫面來創作故事，這也是一種卡片創作法。

#四、創作紀念冊法

如果你想要根據曾經發生在自己身上的故事來創作文章，那麼可以試試「創作紀念冊法」。美國創意寫作教授丹尼爾·內斯特（Daniel Nester）教學生「創作自己的白色紀念冊」的方法。他的訓練方法是：每個學生選一個自己處在人生十字路口的時間段，或正在經歷一場蛻變的時期，寫一系列微型散文，每一篇控制在三百～四百字。寫作順序如下。

(1) 生命中的那一天。

(2) 年鑑，也就是這一年的年度事件。

(3) 路上的故事。

(4) 大事記。

(5) 歲月金曲。

(6) 眾所周知的日子。

(7) 家與新聞報導。

(8) 大日子或大日子之前的準備。

(9) 標誌性的故事。

(10) 朋友。

寫完這十篇三百～四百字的小短文，再按照一定的順序來重新組合這些小短文，內斯特教授讓學生按照開頭、(1)(7)(6)(9)(10)(2)(4)(5)(3)(8)、結尾的方式來排列重組這些小短文。

重組好之後，再試著用第三人稱，用現在時態來講述這個故事。內斯特教授之所以布置這個作業是想讓學生用一連串短小的微型散文，通過最後的定稿順序，寫出屬於自己的「白色紀念冊」。

我們也可以使用內斯特教授創作白色紀念冊的方法來創作自己的故事。你可以根據他的方法寫十篇小短文，然後根據一定的順序來排列這些小短文，創作出不一樣的故事。

從這十篇小短文的主題我們還可以學到一種寫作方式，就是把自己的故事跟這一年發生的大事件，以及這一年的流行趨勢，如歌曲、影視劇等結合起來，還可以把自己的故事放置在社會大環境中，去回顧這一年國家發生了什麼大事。我們在寫自己的故事時，很容易陷在自己的視野中，只看到自己的故事，而看不到社會環境的變化。根據這個訓練方法，我們可以把個人事件和周圍環境及社會大事件結合在一起，創作的角度就會不一樣。

以上四種訓練方法雖然各不相同，但背後有共同的邏輯。

- 都要求學生寫自己真實體驗過的事情，或者發生在自己身上的事情。
- 重新排列人生的片段，可以創作出意想不到的文章。
- 文章形散神不散，每篇文章都圍繞明確的主題。
- 不同的片段組合，尋找生活的意義和真相。

4.3 你的人生經歷是寶貴的寫作素材

”嚴歌苓曾說：「寫得最好的一定是親身經歷的。」太年輕成為職業作家在嚴歌苓看來並非好事，她認為，一個人應當先有職業再來當作家。“

嚴歌苓寫得最好的，是童年和當舞蹈演員、當隨軍記者的時間。到了美國留學後，嚴歌苓打工、端盤子，沒有人知道她是職業作家，體驗到種族歧視，也看到很多華人在美國的生活。後來她根據從朋友那裡聽到的故事，加上自己的體驗，寫出了《少女小漁》，在她眼中，小漁的故事就像她自己的故事一樣。嚴歌苓在創作非自身經歷的小說時，也都會去實地調查研究和體驗，真正去感受故事主人公所處的環境。

每個人的寫作都離不開自己的人生經歷，我們或多或少會在文字中出現過往的人生經歷。我們的人生經歷也是最寶貴的寫作素材。曹雪芹的《紅樓夢》取材於自己家族的故事及早年的人生經歷。張愛玲的小說也大多改編於自己家族的故事。一些微信公眾號的文章也是取材於自己的故事、身邊朋友的故事等。

每個人能夠寫什麼是有局限的，跟自己的閱歷、寫作風格等有很人關係。美籍華人陳愉在其最新作品《三十歲趁勢而為》一書中提到五年前她的《三十歲之前別結婚》非常暢銷，她覺得自己什麼都能寫。寫書並不能替她帶來足夠豐厚的薪酬回報，她決定從事報酬豐厚的影視劇本創作，況且她住在好萊塢，有近水樓臺先得月的優勢。

兩年的時間，她寫了不少小說和劇本，但都沒有後文。兜兜轉轉兩年，她才意識到自己不是全能型的作家，小說和非小說的寫作差異巨大。她的親人和朋友們都建議她寫職場領域的文章，因為她在職場領域有足夠的積累。她三十一歲任美國洛杉磯市副市長，三十五歲成為精英CEO獵頭，在獵頭行業有深厚的積累。最後，她回歸了職場領域的寫作，創作了《三十歲趁勢而為》這本書。

陳愉的嘗試讓我明白，作為寫作者，你並不是全能的，並不是說，任何素材、任何領域都可以寫，而是要立足於自己擅長的領域來寫。對於陳愉來說，寫劇本、寫小說並不是她的優勢，而且相關的積累也很少。相反，職場寫作是她的優勢，她有著非常豐富的職場經歷，有著非常光鮮的履歷，這是她獨一無二的寫作素材。五年前，她的《三十歲之前別結婚》之所以暢銷，與她的職場經歷有很大關係。幸運的是，她又回到了職場領域寫作。

4.4 追熱點的七個方法

一般熱點事件往往能夠帶來更大流量，閱讀量也會大大提升。因此，追熱點是自媒體人的基本能力，但熱點也不是那麼好追，別以為人家追熱點能寫出 10w+ 的文章，就代表你追熱點也能寫出 10w+ 的文章。追熱點的人很多，如何讓自己的文章脫穎而出？怎麼樣追熱點才可以追得出彩，又不至於庸俗？

熱點事件可以分為兩類，一類是可預見的熱點事件，如各種節日（情人節、兒童節、中秋節等）、熱門電影、熱門體育賽事、重大活動等，這些都屬於可預見的熱點。可預見的熱點一般是可以提前準備的。你可以在日曆上提前圈出本月或者下月的熱點事件，然後提前搜集素材，寫好文章，做好準備。第二類是突發的熱點事件，比如，在國慶假期最後一天，鹿晗突然在微博宣布了女朋友。

” 對於突發的熱點，一方面要爭分奪秒，搶占時間，儘快發文，如果你能在熱點事件發生的一小時之內發文，就容易占據先發優勢，也更容易被讀者分享。另一方面，還需要尋找獨特的寫作角度，才能在眾多同類文章中脫穎而出。

“

追熱點其實也是有套路的。總結了以下七個追熱點的方式。

#一、盤點式

熱點事件出來後，先第一時間盤點與事件相關的素材。盤點法是比較容易寫的，寫作時，只需要圍繞熱點事件的某一個切入點來進行素材整理就可以。盤點法可以幫助讀者瞭解事件背後的更多素材，而且圖文並茂，容易讓讀者覺得乾貨滿滿，瞬間長知識。

比如，李奧納多．狄卡皮歐拿奧斯卡影帝這一熱點事件，結合奧斯卡影帝這一屬性，可以寫如〈小李子[5]終於獲獎了！奧斯卡影帝竟然開這些車？〉、〈小李子終獲奧斯卡影帝，更有十大頒獎禮必看瞬間！〉等這樣的盤點圖文。

#二、評論式

評論式是熱點文章最常使用的寫作手法。熱點事件出來後，你怎麼看？擺出自己的觀點，然後舉幾個故事來論證自己的觀點。

5　中國網友對於李奧納多．狄卡皮歐的暱稱。

常見的評論式寫作在開頭部分將熱點內容用自己的語言複述一遍，讓讀者大致了解下這個熱點事件。內容部分可以先寫其他人的觀點，比如，新浪微博上與熱點相關的微博或者評論，可以整理出一部分有意思的內容。然後重點講一講自己對這個事件的看法，以及相應的論據。結尾部分可以再做一個總結。最後，結合熱點事件取一個有吸引力的標題。比如，還是以李奧納多拿影帝的熱點事件寫的文章——〈小李子憑什麼拿奧斯卡影帝能引起全球轟動〉就是評論式寫成的熱點文章。

#三、分析式

寫熱點也可以寫出有深度的文章，比如，用分析式來梳理熱點事件。用分析式來寫熱點，可以選擇其中一個細小的切入點進行分析。

對於分析式來說，選擇切入點是非常重要的。選擇切入點時，可以從自己擅長的領域切入，或者是選擇有創意、新穎的角度切入，這樣的切入點不僅能夠引起讀者的圍觀和認可，還能從千千萬萬的熱點文章中脫穎而出。比如，〈攜程虐童事件[6]之後，科技企業能幹點什麼?〉、〈比攜程「虐童事件」更應關注的是幼師的辛酸〉，這兩篇文章都選擇了獨特的切入點，前者從科技企業的角度來思考，後者從幼師的辛酸來闡述。

#四、吐槽式

在追熱點的時候，你也可以用吐槽方式來寫作。如果你是一個有趣的人，平常還喜歡看各種冷笑話段子，遇到一些有喜感的熱點事件，你就可以嘗試用吐槽的方式，或者把標題寫成段子的感覺。

吐槽式的寫作框架跟評論式類似，你需要找各種素材來說明你的槽點。但是，吐槽的文章文字風格要幽默，或者配圖多選用一些搞笑表情和圖片。比如，根據朋友圈廣告這個熱點事件，用圖文並茂的方式寫成的吐槽文：〈世界上最遙遠的距離，是你刷到了寶馬，我卻只看到了可樂〉。

#五、唱反調

寫唱反調的熱點文章不僅需要獨立的觀點、深度分析的能力，還要找到足夠的素材來證明觀點。另外，有些時候跟大家不一樣的觀點很容易被讀者語言攻擊或者謾罵，所以也需要有強大的心理素質。

#六、資訊圖式

分析式寫作的升級，建立在從對熱點足夠瞭解的基礎上，對資訊進行加工；以清晰的展示，超強的邏輯表達，幫助讀者在短時間內，儘可能捕捉到最大的資訊。在大家看了大量的圖文之後，不失為一種比較有趣的表達方式。

比如，〈一張圖告訴你冬奧會中奧成功打什麼牌更靠譜〉、〈一張圖告訴你北京霧霾到底有多毒〉等圖表式文章。但是，製作資訊圖需要花比較長的時間蒐集材料，如果趕時間，就不太適合採用資訊圖法。

6 指二〇一七年發生於上海攜程幼兒園，幼稚園教師對孩童不當管教，涉嫌虐待的事件。

#七、軟文式

追熱點的最高境界是結合熱點寫軟文[7]。既追上熱點，提高了閱讀量，還能推廣產品或者課程，真是一石三鳥啊。

秋葉大叔寫的〈誰才是《模犯生》裡最厲害的人？〉，在文章開頭，秋葉大叔簡單介紹了電影的劇情及自己的評價，用一句話概括這個片子：有錢人雇兩個天才學生作弊，一個憤世嫉俗的天才幡然悔悟，一個眼裡容不得沙子的天才就此沉淪。

大部分文章都在套路女主角天才琳，而秋葉大叔卻別出心裁，關注看起來笨笨的葛蕾絲。通過分析影片的情節，得出結論：葛蕾絲看起來是純潔無害的乖乖女，其實是深懂人脈運營的女神啊。

第三部分，秋葉大叔分享了幾條人脈高手的做派，比如，尊重你身邊的每一個普通人，說不定他未來會成為你的黃金人脈。

文章最後秋葉大叔推出了《黃金人脈一課通》的課程。看到最後，你才發現，秋葉大叔這不僅僅是在追熱點啊，而是用電影裡的故事在說明人脈的重要性，目的是推廣人脈課程。但讀者看完之後不僅不會反感，反而會意識到人脈真的很重要，下單購買人脈課程。

這才是追熱點高手的文章，熱點追得好是可以直接產生經濟效益的。

追熱點雖然能夠在一定程度上提升閱讀量，但並不是所有的熱點都應該追。追熱點時，作者還應該注意以下幾個事項。

多追可預期的熱點，少追突發熱點：追可預期的熱點可以根據自己的節奏來安排寫作進度。而追突發熱點，則要求作者在事件發生的短時間內就寫出一篇高品質的文章，對作者來說，是一件拚體力、拚智力、拚實力的事情。有些熱點事件往往在深夜或者淩晨發生，作者需要熬夜或早起寫文章。寫熱點文章，對於作者的選題能力、平時的素材積累、文筆等都是一個考驗。長期追突發熱點，也會打亂作者平常規律的作息，讓作者處於長期焦慮狀態。

有選擇性：熱點事件要符合自已的個人品牌，並不是所有的熱點都適合去追。比如，你的公眾號定位是職場乾貨類，結果經常去追娛樂圈的八卦，這是不太符合公眾號定位的，也不利於個人品牌的建設。

不侵犯他人：追熱點時，不可為了過度追求閱讀量而對別人進行人身攻擊或者侵犯別人權利。

注意求證：追熱點時，不要散布謠言或者不瞭解事實真相就隨意猜測。

要適度：如果過度追熱點，只要熱點事件出現就去追熱點，讀者很容易對這樣的微信公眾號產生反感。況且，熱點追不好，是會有反面效果的。

7 營銷、廣告術語，對比於硬性廣告，以軟性的方式（包括故事性、情感性等），進行促銷，或包裝企業形象，提升企業或商品知名度。

第5章

寫出爆款標題的十種方法

俗話說「題好一半文」，對於自媒體寫作者來說，要爭奪用戶寶貴的注意力，標題的作用不可小覷。標題在一篇文章中所占的比重高達五十%，標題很大程度上決定了一篇文章的點閱率和閱讀量。同樣的內容，換了一個標題之後，一篇閱讀量幾千的文章可以瞬間變成 10w+ 的文章。

內文重結構，標題重技巧。內文的提升是比較緩慢的，需要日積月累。標題的提升是比較快的，畢竟標題只有一句話。涌過刻意的練習、模仿，運用一些技巧，就可以快速提升寫標題的能力。

5.1 自媒體時代的標題特徵

在古代，只有文人才有能力吟詩作對寫文章。因此，文章的標題並不像自媒體時代這樣重要。自媒體時代是一個全民寫作的時代，資料顯示，中國有一千多萬個微信公眾號，更不用說今日頭條、豆瓣、知乎、簡書、一點資訊等自媒體平臺。如何在浩瀚汪洋的文章中脫穎而出，吸引讀者閱讀自己的文章？這就靠標題的功力。

自媒體時代文章的標題更像是文案的標題，而不是傳統文學作品的標題。文案的一些原則應用在自媒體寫作上是非常有效的，比如，像〈月薪3千與月薪3萬的文案，差別究竟在哪裡？〉（約新臺幣一萬三與十三萬）這樣的標題，這也是自媒體寫作與傳統寫作的不同之處。

標題之所以變得如此重要，主要是受兩個方面的因素影響。一方面，在古代，能夠識字的人是少數，會寫文章的人更少了。而自媒體時代，寫作者的數量如此龐大。如何在成千上萬的文章中脫穎而出，吸引讀者的閱讀，在很大程度上靠的是標題。

另一方面，以前文章發布在紙媒上，標題和內容是一起呈現在讀者面前的。讀者看一眼標題，就可以立刻閱讀正文的內容。而現在，文章大部分發布在自媒體平臺，文章和標題是分離的。

讀者只能看到標題，需要有一個「點擊」的動作才能閱讀正文的內容。這個「點擊」的動作在一定程度上就阻礙了讀者閱讀正文的衝動，所以標題要足夠吸引讀者的好奇心，他們才願意點進去閱讀。標題有哪些作用？我們該如何取標題？是本章重點討論的內容。

5.2 標題的四大作用

總體而言，標題有以下四個方面的作用：吸引注意、篩選讀者、傳達完整的訊息、引導讀者閱讀正文。

#一、吸引注意

諾貝爾經濟學獎得主赫伯特．西蒙（Herbert A. Simon）早在一九七一年就提出了「注意力經濟」這個詞，他在預測未來經濟發展趨勢時指出：「隨著資訊的發展，有價值的不是資訊，而是注意力。」羅振宇先生仿照GDP提出了一個GDT的概念，叫作「國民總時間」。他認為「所有的行業，不管是電影、遊戲、休閒、度假，還是什麼直播或新近興起的短影片，不要以為還有什麼行業壁壘，每一個行業都是在這個時間戰場中要自己的一杯羹」。

自媒體時代的寫作也是參與「國民總時間」競爭的，也需要去爭奪讀者的注意力。自媒體時代的寫作是「注意力經濟」下的寫作。

標題肩負著吸引讀者注意力的重任。爆款標題的首要特點就是要吸引讀者的注意力。標題如何吸引讀者的注意力？可以從以下六個方面來分析。

(1) **引發好奇**：好奇是人類的天性。如果標題能夠成功地引發讀者的好奇心，那麼讀者閱讀正文的欲望也會被激發。

(2) **擊中讀者痛點**：如果標題能夠擊中讀者痛點，讀者的內心深處就會產生一絲不安，從而激發讀者閱讀正文來尋找解決方案。

(3) **給讀者提供好處或價值**：標題可以透過給讀者提供好處來獲得讀者的注意力。比如，免費贈送一千本電子書，快來領取吧！

(4) **提供最新消息**：另一種吸引注意的標題是提供新消息，這類標題通常會出現：最新推出、新的、問世等這些詞語。

(5) **提供讀者快速習得的方法**：如：快速、簡單等詞語。

(6) **標題包含能夠吸引讀者注意的詞語**：如：如何、為什麼、快速、簡單、划算、最後機會、保證、效果及省錢等。

#二、篩選讀者

每篇文章面向的讀者群體是不同的，標題在一定程度上就可以起到篩選讀者的作用。有些作者會直接在標題裡點明這篇文章是寫給誰看的。那個群體的讀者看到標題就會被吸引過來。

舉個例子：〈如何管理九〇後員工？〉這篇文章的目標讀者是公司的管理者、HR，當然還有九〇後的員工，有些八〇後甚至七〇後也許也對這個話題感興趣。通過標題就篩選出了目標讀者。管理者或者HR看到這樣的標題之所以感興趣是因為公司招聘了越來越多九〇後員工，如何更好地管理九〇後員工是他們關心的話題。

九〇後的職場新人看到這個標題也會很感興趣，因為他們也想瞭解上層是怎樣來管理九〇後員工的，可以見招拆招。公司管理階級及九〇後員工是這個標題的主要受眾，其他受眾當然也會有對這個標題感興趣的，如八〇後或者其他群體。

#三、傳達完整的資訊

標題的第三大作用是傳達完整的資訊。標題是一篇文章中心思想的概括，讀者通過閱讀標題就能夠預測正文的內容（當然有些標題黨[8]的標題除外）。標題傳達出來的資訊如果能夠引起讀者的共鳴，或者引起讀者思考，也能夠激發讀者閱讀全文。

另外，標題的傳達率比文章的傳達率高很多。因為有不少讀者，只看標題，不看文章。在標題裡傳達出完整的資訊能夠將你這篇文章的核心思想傳達出去。即使讀者沒有閱讀你的整篇文章，也能明白你所要表達的重點。

取標題時，需要提煉文章的主題思想，一句話來概括文章的主旨，如這樣的標題：〈最重要的不

8 指為了吸引讀者點擊，而故意寫的聳動吸睛的標題，但內容並不具有價值。

是管理時間，而是管理自己〉。

四、引導讀者閱讀正文

標題的終極目標是吸引讀者閱讀文章的正文。如果你的正文內容很差，標題卻誇大其詞，就是人們常說的標題黨。標題黨勝在標題上，通過標題吸引了讀者點擊，但是讀者閱讀了正文第一句話就讀不下去了，那麼吸引來的注意力就被浪費了。

標題要能夠引導讀者閱讀正文，但標題也不能過於誇張，語不驚人死不休。我們需要注意的是，標題是寫給讀者看的。因此取標題的時候，要站在讀者的角度來取標題，而不是站在自己的角度取一些自嗨的標題。

5.3 取標題的四大原則

取標題的方式很多。在學習爆款標題的套路之前，首先要瞭解取標題的原則。知道了原則，也就可以自由發揮創造各種套路。好的標題往往遵循以下原則。

(1) **價值感**：為什麼要花時間看這篇文章？標題裡就向讀者傳達出文章的價值。

(2) **實用性**：看這篇文章我能得到什麼？標題裡就向讀者證明文章的實用性。

(3) **獨特性**：世間文章千千萬萬，為什麼我要讀你這篇文章呢？標題裡就向讀者呈現文章的差異點。

(4) **緊迫感**：為什麼我現在就得點進去閱讀你的文章？現在不讀我會很不舒服或者有損失嗎？在標題中就向讀者傳達出閱讀這篇文章的緊迫感。

遵循這四個原則，你的標題對讀者來說就是比較有吸引力的。在此基礎上，再考慮一些特別的技巧來修改潤色，讓你的標題更有吸引力。

” 什麼是好的標題？好的標題一是要與文章的內容及風格相符，二是要吸引讀者的注意力。**能夠滿足這兩個要求的標題可以稱為好標題。** **“**

那麼不好的標題有什麼特點呢？一種標題是過於平淡，讀者看完毫無點擊的欲望。另一種是過於誇張，標題與正文的內容完全不相符，騙取讀者的點擊量。另外，一些觸及底線的標題也是不合適的標題。

一開始取標題時，我們可以去學習和模仿一些爆款標題。爆款標題都遵循了某些套路，我們也可以沿用這些套路。接下來，講講爆款標題的套路。

5.4 寫出爆款標題的方法

標題需要在一句話內傳達出一些關鍵要素，如給哪個群體看、文章的主題是什麼、為什麼要看這篇文章等，此外還需要引起讀者情緒上的共鳴。因此，取標題是一件技術活。

”取標題要有用戶思維。站在讀者的角度去取標題，捨棄自嗨，選取與讀者有關的標題。少用第一人稱，多用第二人稱，如〈你沒做錯什麼，你錯在什麼都沒做〉。標題要引發好奇心，提供價值，引發讀者的情緒共鳴，提供新奇的觀點等。“

根據這些要點，我們總結出爆款標題的十大寫作方法。

＃一、在標題中提出疑問

人都是有好奇心的，尤其是跟自己相關的事情，如果以疑問的方式提出一個好問題，往往能夠吸引讀者的注意力。

在標題提出疑問有以下幾種方式。

1. 如何式

標題中帶「如何」字樣，這類標題廣泛使用於乾貨類文章。比如我曾經寫過的文章：〈如何有效閱讀一本書，寫出精采的書評？〉、〈大學生，如何在畢業前攢下8萬塊？〉、〈如何從初學者成長為高手？〉等。

10w+ 的文章標題：〈史上評分最高的紀錄片是如何誕生的？〉。「如何」這個詞一般可以放在句首或者句中。放在句首非常醒目，如〈如何從初學者成長為高手？〉，讀者可以第一眼就看到「如何」這個詞。「如何」也可以放在句中，如果放在句中，可以用一個逗號把一個長句斷開，「如何」放在逗號後面，如〈初入職場很迷茫，如何規劃和提升自己？〉使用「如何」這個詞可以把一個一般的標題變為吸引人的標題。比如，原標題為〈關於有效閱讀一本書〉，加入「如何」後標題可以修改為〈如何有效閱讀一本書？〉，用提問的方式把原本平淡無奇的標題變得有吸引力。

標題帶「如何」字樣，一方面比較吸引讀者的注意力，另一方面又傳達出文章的價值感和實用性。

2. 十萬個為什麼

標題中帶有「為什麼」的字樣。小朋友總是纏著大人問「為什麼」，長大了以後我們的好奇心還在，依然對各種「為什麼」很感興趣。

我曾經寫過的「為什麼」類標題：〈為什麼說名校畢業等於零？〉、〈為什麼越忙的人，看起來越有閒？〉、〈我為什麼選擇在清晨寫作？〉、〈明明來不及，為什麼你還要浪費時間？〉。

一些閱讀量 10w+ 文章的標題：〈我們為什麼要在年輕的時候努力賺錢？〉、〈人為什麼要善良，這是我聽過最好的答案〉、〈職場工作效率達人，為什麼都是 Excel 控？〉、〈為什麼高手做

PPT總是比你快？或許是這個原因！〉、〈為什麼我勸你做個難相處的人？〉。

當讀者看到「為什麼」這三個字時，本能地想要知道答案，所以很容易被文章的標題吸引。與「為什麼」類似，還有帶有「原因」、「理由」、「這裡有答案」等這些詞的標題都可以激發讀者心中濃濃的求知欲。

3. 怎樣／怎麼

「怎樣」、「或者」、「怎麼」也是標題中常用的詞彙。

我寫過的標題：〈怎樣培養一個新習慣？〉、〈美國的頂客家庭，過著怎樣的生活？〉。

一些閱讀量 10w+ 文章的標題：〈帶兩歲的孩子旅行10次，我是怎麼做到的？〉、〈那個愛加班的年輕人，後來怎麼樣了？〉、〈我45歲了，那又怎樣？〉、〈第一批90後的真實生活究竟是怎樣的？〉。

4. 怎麼辦

在標題中提出疑問的還可以用「怎麼辦」。

當生活中遇到問題時，我們不禁會問：到底該怎麼辦？如果你恰好有相關的實踐，解決了某些問題，你就可以總結自己的經驗與讀者分享。比如，我之前寫過的文章標題：〈每日寫作，不知道寫什麼，怎麼辦？〉。

5. 嗎？

我自己曾經寫過的文章標題：〈為了夢想，你拚盡全力了嗎？〉。閱讀量 10w+ 的文章標題：〈二〇一七即將結束，這件重要的事你做了嗎？〉、〈花那麼多錢給孩子買書，真的值嗎？〉、〈這麼小的娃帶去那麼遠的地方玩，真的值嗎？〉、〈來自二三流大學的學生，真的沒有逆襲機會了嗎？〉。

6. 其他類似的提出疑問的標題

「憑什麼？」：憑什麼也是提出疑問的詞，而且還帶有強烈的情緒。比如，我曾經寫過的標題：〈你都不看好自己，我憑什麼看好你？〉。

「哪些？」我曾經寫過的標題：〈人生的岔路口，哪些決定會影響你一生？〉。

關於「有沒有？」的標題：〈Office 學習的三大誤區，你有沒有中槍？〉。

數量詞提問，如「幾」〈9個初老現象，你中了幾條？〉。

直接用「？」結尾，如〈99分的履歷是什麼樣的？〉、〈中國到底有多少人買不起 iPhone X？〉、〈有多少人，最後嫁給了高中同學？〉。

用提問的方式可以引起讀者的好奇。提問的方式還能引起讀者的熱烈討論。像標題〈有多少人，最後嫁給了高中同學？〉，不少讀者看完後還會分享到自己的高中同學群組中，引起大家的討論。

提出疑問類標題適合各個領域，無論是知識類的，還是情感類的，都可以採用這樣的標題。

二、引發讀者共鳴類

1. 抓住讀者痛點

抓住讀者的痛點，讀者閱讀文章的標題時就能引起共鳴，感同身受。讀者看完之後就會忍不住分享。

比如，〈親愛的，你為什麼不能出類拔萃？〉、〈最怕你碌碌無為，卻安慰自己平凡可貴〉、

〈你不是不努力，你是太著急〉等，這些文章的標題可以直接抓住讀者的心，激發讀者的閱讀興趣。這類標題還能引發讀者的分享，因為讀者自己閱讀時感同身受，讀完就忍不住分享。

2. 講故事，描述一段經歷

喜歡聽故事是人的天性。有些標題就帶著濃濃的故事味。另外，分享一段經歷，也能夠引起讀者的好奇。比如這樣的標題：〈PPT做得好是怎樣的一種體驗？〉、〈裸辭是一種怎樣的體驗？〉。

3. 文章金句

一般一篇文章都會有一兩個金句。這些金句一般是文章主旨的高度概括，也能夠引發讀者的共鳴。比如我之前寫的閱讀量10w+的文章：〈時間的格局，決定了你人生的高度〉，發布在十點讀書，文章閱讀量10w+，點讚數也有幾萬。

類似的閱讀量10w+的文章標題也都是用文章的金句作為標題的。比如，〈脾氣不好，其實是修養不夠〉、〈千萬別小看那個不愛說話的人〉、〈那些自律到極致的人，都擁有了開掛的人生〉、〈早上6點起床的女人，年輕10歲〉、〈我並非多幸運，我只是很努力〉。

4. 拔高讀者

誰都希望自己是優秀的，哪怕是在自己一個人讀文章的時候，因此適當拔高讀者，讓讀者覺得自己很厲害，產生認同感，然後吸引他們來閱讀文章或者書籍。比如，〈是優秀的行銷人，你必然不會錯過的文章！〉、〈優秀的人，都敢對自己下狠手〉、〈優秀的人，從來不會輸給情緒〉。

#三、設置懸念，引發好奇類

1. 設置懸念

以設置懸念的方式引發讀者的好奇心。在標題中留下懸念，讀者如果想要知道答案，就需要點開內容閱讀。

在標題留有懸念會激發讀者的好奇心，特別想知道答案到底是什麼，或者接下來的劇情怎麼樣了？電視劇常常用留下懸念的方式吸引讀者看下一集。在每集結束的時候都會留下幾個懸念，激發觀眾的好奇心。因為人們有刨根問底的心理需求。如果不知道答案，人們會覺得很難受。比如，〈一張圖告訴你行銷會議失敗的各種可能〉、〈你必須要掌握的行銷技巧，和你想像的完全不一樣〉。

2. 用省略號引發讀者好奇心

如果一個人說話只說一半，而聽眾的好奇心已經被激起，特別想聽他講下去，作為聽眾，你是不是非逼著他講完不可。文章的標題也可以這麼做。在激動人心的詞語後面留下一串省略號，引發讀者遐想，讓讀者必須點擊了才知道後文。比如，〈中國最值得尊敬的企業竟然是……〉、〈他們竟然真的建造了一座任意門……〉、〈口碑行銷，是這樣子具體操作的……〉。

3. 反常理式

反常理式的標題常常能夠引發讀者的好奇心，心中忍不住想，為什麼作者會這麼想？這類標題通常與人們的固有思維相反，因此這類標題常常也會比較吸引人的眼球。比如，王路的〈「拖延症」是很好的習慣〉。在人人都在努力克服拖延症的時代，土路卻反其道而行之，認為拖延症是個很好的習慣，讀者當然會好奇，為什麼拖延症反而是個很好的習慣呢？

＃四、標題引發強烈的情緒

1. 帶來負面情緒的標題

帶來負面情緒的標題能夠引起讀者的內心恐慌。比如，看到〈不會寫作的你，正在失去職場競爭力〉這樣的標題，讀者心裡會想我也不會寫作，我會失去職場競爭力嗎？我該怎麼辦？讀者就會忍不住點進去閱讀文章。類似標題還有〈來自二三流大學的學生，真的沒有逆襲機會了嗎？〉等。

2. 表達誇張的語氣，如用「！」結尾

一般表達驚訝、讚揚、憤怒、傷感等比較強烈的感情，使用嘆號可以吸引關注，讓讀者腦補出相應的情緒。比如，〈看看民國時期的小孩讀的歷史書，多精采！〉、〈聖誕節收到這個，開心到冒泡！〉。

＃五、標題中帶有數字

數字識別度高。標題一般是漢字，而帶有數字的標題讀者一眼就可以注意到數字。一些對比的數位，如月薪三千與月薪三萬，這兩個數字一下子就可以在讀者心中形成對比，吸引讀者的好奇心和注意力。

數位給人的感覺是資訊含量高，可靠性好，因為有資料支撐，能夠激發讀者點擊文章、找到有價值內容的欲望。帶有數位的標題一目了然，從標題中就可以預測文章的內容。

我自己曾經寫過帶數字的標題：〈每天10分鐘，輕鬆提高深度思考的能力〉。一些閱讀量10w+的文章標題：〈月薪3千與月薪3萬的文案，差別究竟在哪裡？〉、〈一個宿舍，6個女生42個微信

群〉、〈都30多歲的人了，這7個道理你還不懂嗎？〉、〈如何變得有趣？每天10分鐘就夠了〉、〈拜訪擁有5億粉絲的21位自媒體大佬後，我得出22條結論〉等。

標題帶數字的技巧適用於各個領域。比如，〈記住3個關鍵字，PPT圖表美化原來這麼簡單！〉、〈99%的人都不知道Word還能這樣用〉、〈10個天天要用的高效Excel妙招〉、〈美到骨子裡的女人，都擁有5種能力〉、〈9句話，帶你去看人生的真相〉、〈兩個人合不合適，這4點很重要〉、〈別讓這一點毀了你的人生〉、〈一個人值不值得你深交，就看這4件小事〉、〈聰明的人只過1%的生活〉、〈優秀的女人必須堅持的11個生活習慣〉。

#六、帶熱點詞彙的標題

熱點詞彙本身就是自帶流量的。追熱點本身就能提高文章的閱讀量。在文章標題中使用一些熱點詞彙，一方面可以迅速讓讀者知道這篇文章是跟熱點有關的，另一方面又有自己的獨特觀點，就會吸引讀者的好奇心。比如，〈《戰狼？》吳京的前半生，為什麼越努力越憋屈〉、〈看「汪涵救場」，學如何應對突發危機！〉等。

帶熱點詞彙的標題難點在於，如何將熱點和自己想要表達的主題有機地結合起來，並且能吸引大家的注意力，而不是硬蹭熱點。

#七、盤點推薦類

1. 推薦類

我自己寫的標題：〈如果你想提高寫作能力，我推薦這6本書〉。閱讀量 10w+ 的文章標題：〈強推5部超治癒的高分電影，心情不好的時候全靠它們〉、〈美國亞馬遜選出的「一生必讀的一百本童書」〉、〈二〇一七年度最受讀者歡迎的10大好書來啦〉。

2. 盤點／清單法

盤點／清單法可以幫助讀者蒐集乾貨資訊，節省讀者時間，因此也會引發讀者收藏和分享。比如，〈關於如何「管理」你的上級的清單〉、〈盤點十一假期「最」表情，你屬於哪一種？〉、〈最新免簽落地簽國家匯總〉。

#八、名人效應

比如，〈徐靜蕾：活得通透的大女人做派〉、〈張小龍談產品設計的10大要素〉等都是利用名人效應提升閱讀量的標題。

首先，利用名人的光環效應，引發讀者閱讀的興趣。其次，名人本身就自帶流量，與名人有關的文章，其粉絲或者關注者就會對文章產生興趣。

在《影響力》這本書中作者提到，影響力的其中一條法則就是「權威」。在標題中用名人的名字就可以提高文章的影響力，因為名人本身就有自己的影響力。

#九、給讀者提供好處或價值

《影響力》一書中的第一條原則就是「互惠」。如果能夠給讀者提供一些好處或者價值，讀者就更加願意閱讀你的文章或分享你的文章。

人們對「免費」的東西都很感興趣。「免費」的東西有非常大的吸引力。商場裡買一贈一的活動常常會導致顧客購買不需要的東西。有贈品的商品，銷量會大幅提升。

在文章的標題中表明提供給讀者某些好處，或者在標題出現「免費」字樣都能夠提高文章的閱讀量。比如，做線上課程，如果在標題後面加上「免費」字樣，報名的人數就會增加。在標題有「贈書」等字眼也能夠提高閱讀量。但這些都是要實現承諾的。如果是欺騙讀者的感情，那麼讀者對這個公眾號就不會有好感了。

#十、採用修辭手法

1. 有畫面感的標題

在標題中使用讀者看到就立刻能在腦海中感知到畫面的詞彙，這樣的詞彙很容易讓讀者留下深刻印象。因為形象的東西比抽象的東西更容易記憶。比如，〈原來婚姻，就是我們背對背玩手機〉、〈一篇文章讓你的產品銷量得到「爆炸性」提升〉。

2. 對話體

採用對話體，站在讀者的角度，說出他們的心裡話，讓讀者一看到標題就有閱讀和分享的衝動。比如、〈我曾愛過你，想想都心酸〉、〈我愛的人終於離婚了，然後呢？〉、〈「女孩子不要太辛苦？」「你養我啊？」〉。

3. 對比法

直觀的對比更容易體現出優勢。通過對比，放大描述物件某一方面的特點，看上去似乎有點誇張卻也不覺得浮誇，讓用戶產生進一步瞭解的欲望。比如，〈它甜過世界上99％的水果，慕斯般口感好迷人〉、〈吃過這枚鳳梨酥，其他的都是將就〉。

5.5 取標題的七大誤區

知道了爆款標題的套路，接下來就是練習如何寫出爆款標題？

先模仿再創新：一開始，你不知道什麼樣的標題會受讀者歡迎，可以先去模仿閱讀量 10w+ 的文章標題。先模仿，再改寫，再創新，直至總結出自己取標題的套路。

每篇文章取十個標題：寫完文章，可以給自己的文章想十個標題，從中選擇最有吸引力的標題。

蒐集爆款標題，總結標題的套路：平常可以蒐集一些閱讀量 10w+ 的標題，總結出標題的套路，下次自己取標題的時候可以仿寫。

介紹了取標題的十大方法，接下來介紹取標題時要避免的七大誤區。

1. 過於標題黨

取標題時需要注意的是，雖然標題黨一定程度上可以吸引讀者的注意力，但文章的標題太過於標題黨，嚴重文不符題，是會引起讀者反感的。另外，也不要取太過於露骨色情的標題，也不要取過分誇大、不符合事實的標題。

2. 標題與內容不相符

真正好的標題，一方面可以吸引讀者的注意力，另一方面，與文章的內容也是非常貼切的。做好這兩個方面才是好標題。如果標題與文章的內容不相符，會讓讀者產生被欺騙的感覺，是在透支讀者的信任。

3. 在不同自媒體平臺使用相同的標題

不同的平臺，受眾群體不同，分發機制不同，因此同樣的文章發布在不同的平臺上可以取不同的標題。微信公眾號基於微信這個社交平臺分發，帶有社交話題屬性的標題和內容更容易讓讀者閱讀和分享。今日頭條是一個資訊平臺，採用機器演算法分發機制，意義具體的詞彙更容易被機器識別，然後推送給喜歡閱讀類似「標籤」的用戶。

4. 標題風格與個人品牌不相符

標題的風格要符合個人的氣質和品牌。比如，你的公眾號定位是乾貨類、知識類的文章，那麼標題就不要過於八卦露骨，這樣不符合公眾號的定位，也不符合個人的氣質。這樣的標題是給自己的個人品牌減分的，甚至會給個人品牌增加負面影響。

5. 傳播謠言或虛假消息

有些標題會傳播謠言或者虛假消息。比如這樣的標題：〈驚爆！本週最新特大奶粉事件！〉，或者各種以「震驚！」、「驚爆！」、「太神奇了！」、「出大事了！！！」等字眼開頭的標題，並且在後面加上好幾個驚嘆號的，其實傳播的是一些謠言和虛假消息。

6. 標題過於平淡

對大部分初學者而言，取標題的誤區就是標題過於平淡。來看看這些標題，第一眼看到標題能引起你閱讀的興趣嗎？比如，〈戰勝忙碌〉、〈隨機〉、〈美好的一天〉、〈老師說〉、〈森林的魔咒〉等，這些標題都過於平淡，很難引起讀者的好奇心。取標題時，要適當運用取標題的技巧，讓自己的標題更有吸引力。

7. 標題包含讀者看不懂的詞語

有些寫作者在標題裡喜歡用一些生僻詞，看起來好像特立獨行，但對於讀者來說，如果他看不懂你的標題，也許就不想繼續閱讀了。也許你的文章會介紹一些新穎的概念，出現一些生僻的詞語，但儘量不要把這些生僻的詞直接放在標題上。因為有讀者不認識的詞，其實是會增加溝通成本的。標題儘量選擇通俗易懂的詞語，且是一眼就能看懂的句子，從而降低與讀者的溝通成本。

第6章

如何寫出精采的開頭和結尾

開頭和結尾因其位置的特殊性在一篇文章中占有重要的地位。開頭是否精采一定程度上決定讀者是否會繼續閱讀這篇文章。如果開頭寫得很糟糕，讀者在閱讀第一句時就會覺得索然無味，很容易放棄閱讀。結尾是否精采，一定程度上決定了文章是否能夠給讀者留下深刻的印象。這也是為什麼寫文章要講究「鳳頭」、「豹尾」。精采的開頭和結尾可以提升整篇文章的品質。本章主要講述如何寫出精采的開頭和結尾。

6.1 開頭的四大作用

心理學中有一個理論叫作「首因效應」，是指個體在社會認知過程中，通過「第一印象」最先輸入的資訊，對個體以後的認知產生的影響。

在人際交往中，我們常常強調「第一印象」很重要，也是基於首因效應。雖然「先入為主」有一定偏見，也並非每次都是正確的，但人們卻很難克服「第一印象」帶來的影響，「第一印象」也會影響雙方後續的交往進程。

> **閱讀一篇文章也是有「首因效應」的，也會有「先入為主」的偏見。如果讀者在閱讀開頭時就被深深吸引，對這篇文章的第一印象就會比較好。如果讀者閱讀開頭時感覺很糟糕，可能對這篇文章的整體評價也不會太高。這也是我們要儘量寫出精采開頭的原因。**

除了給讀者留下比較好的第一印象，開頭還承擔著以下四個作用。

(1) **點明文章的主題：**開頭常見的一種寫法是開門見山，直接在開頭交代文章的主題和中心思想。讀者閱讀開頭就能瞭解這篇文章的主題。

(2) **引出下文：**即使文章在開頭沒有點明主題，也需在開頭埋下伏筆，或者用幾句話引出下文。

(3) **設置懸念，引發讀者的好奇心：**在開頭設置懸念，引發讀者的好奇心，讓開頭像一把鉤子一樣吸引著讀者一步步往下閱讀。

(4) **引發讀者情緒上的共鳴：**在開頭描繪一幅場景，讓讀者有帶入感，引發讀者情緒上的共鳴，激起他繼續閱讀文章的欲望。

想不出精采的開頭，寫不下去怎麼辦？

有些人，知道精采的開頭很重要，下筆時覺得壓力很大。第一句話寫了刪，刪了寫，總是想不出一個精采的開頭。寫寫刪刪，一個小時過去了，開頭還沒有寫好。還有些人因為想不出精采的開頭，乾脆放棄了那個寫作主題。

遇到這樣的情況怎麼辦？方法很簡單，先直接開始寫，不要管開頭是否精采。文章的標題往往是文章寫完了再通讀全文取的。寫開頭也是類似，先不要寫開頭，直接寫正文的內容，或者寫一個普通的開頭。寫完初稿之後再寫或者修改開頭。

中學時的寫作順序一般是先寫好標題，再寫開頭，然後寫正文，一路寫到底。語文考試時，寫作時間短，幾乎沒有時間修改，因此寫文章要一氣呵成。現在寫文章不是為了考試，寫作順序也與考試時不同，也可以隨時修改。你可以先寫好正文的內容，再來斟酌文章的開頭、結尾和標題。對一篇文章來說，這三部分是比較重要的，也需要花時間來琢磨，同時需要反復修改。好的標題、開頭和結尾不是神來之筆，是作者經過反復斟酌、修改、打磨出來的。

當你想不出精采開頭時，先直接開始寫，寫完之後再來修改開頭，使其成為所謂的「鳳頭」。

6.2 精采開頭的八大寫作手法

一般而言，開頭的寫法分為以下幾種：開門見山、設置懸念、描繪場景、引用名言等。下面具體介紹一些常見的開頭寫作方式。

#一、開門見山

開門見山的寫作手法是在開頭就點明這篇文章的主題或切中中心內容，簡練而明確。開門見山寫法的優勢是讀者易於瞭解全文的宗旨，通過閱讀開頭就明白文章的中心思想。

開門見山的寫作手法一般是在開頭用幾句話說明文章的寫作主題，或者直接呼應文章的標題。以我寫的〈如果你想提高寫作能力，我推薦這6本書〉一文為例，採用的就是開門見山、直奔主題的方式。這篇文章在簡書有三十多萬的閱讀量。

現在越來越多的人加入簡書，開始寫文章，也有越來越多的人開通了自己的微信公眾號。當寫作熱情褪去，很多人會開始思考如何提高自己的寫作能力？提高寫作能力雖然是一個長期積累的過程，但如果有一些大師的指點，想必能少走一些彎路。在我自己的寫作過程中有幸閱讀了以下六本書，對我自己的寫作有非常大的幫助。現在推薦給大家，你可以根據自己的情況自行選擇閱讀。

在開頭，點明了文章的主題是圍繞「提高寫作能力」展開的，同時也說明，這篇文章會推薦六本與寫作相關的書。開頭的這段文字也與文章標題〈如果你想提高寫作能力，我推薦這6本書〉呼應。讀者看完這段文字就能知道，這篇文章會介紹六本與寫作相關的書。這就是開門見山的寫作方法。

#二、設置懸念

為了讓讀者讀完整篇文章，可以在開頭設置懸念，在正文或者結尾公布懸念。這樣可以引發讀者的好奇心，引導讀者讀完整篇文章。

舉兩個例子。文章〈貧窮，有著你想像不到的絕望〉的開頭是這樣寫的：

「如果不是那場癌症，小麗還不知道爸爸的愛如此深沉。」

這個開頭留了懸念，小麗和爸爸之間到底發生了什麼故事？到底誰得了癌症，是小麗還是爸爸？看到這一句簡短的開頭，讀者的好奇心就已經被喚起，忍不住想要了解故事的原委。

文章〈遠離那些總愛「麻煩」你的人〉開頭是這樣寫的：

「最近朋友阿花被一件事搞得異常火大。」

雖然只是一句話，但也留下了懸念：到底發生了什麼事？具體是哪件事？為什麼阿花會異常火大？短短的一句話就已經吊起了讀者的胃口，想要閱讀正文瞭解故事。

#三、以講故事開頭

人類天生就喜歡聽故事。如果你是講故事高手，不妨用故事開場。故事寫得好，自然就能吸引讀者閱讀下去。我的〈你的時間格局，決定了你的人生〉一文講述了三個故事，就是以故事開場。

以下是〈你的時間格局，決定了你的人生〉的開頭。

瀟瀟和我是和君商學院的同窗好友。她是某國資集團投資部資深投資經理，是清一色男性投資經理中唯一的女性。某日午後，在商場的星巴克咖啡店裡，身懷六甲的瀟瀟娓娓道來她誤打誤撞進入投資領域的經歷。

這個開頭交代了我和故事主人公瀟瀟的關係，並且引出了瀟瀟的故事，接下來的故事講述的是瀟瀟是如何誤打誤撞進入投資領域，以及如何在投資領域打拚，在清一色男性投資經理中占一席之地的。

#四、以提問開頭

用提問的方式開場，也是一種非常好的寫作方式。在開頭提出一個問題，引發讀者的好奇心以及思考，然後在文章中回答這個問題。

文章〈媽媽的身材暴露了婚姻的真相〉，開頭如下。

知乎上有一個提問：「什麼時候你覺得必須離婚，毫不猶豫？」其中，一個點讚很高的網友是這麼回答的。

這就是用提問開頭的例子，接下來作者會講述在知乎上點讚很高的網友是如何回答這個問題的，並且引出文章的主題。

我的文章〈沒有建立這種思維，學再多都是白費〉也是用提問方式開頭的。

最近一直在思考一個問題，為什麼很多人看了那麼多書，聽了那麼多課，進步卻很小呢？

通過提問引發讀者思考，進而激勵他們閱讀正文尋找答案。通過提問也是引出了文章的主題，沒有建立這種思維，你學到很多知識卻沒有效果。

#五、描繪場景

描繪場景可以讓讀者有帶入感，引發讀者的共鳴。描寫場景還能讓讀者有身臨其境的感覺，彷彿自己就在故事發生的現場。

文章〈何香凝：女人有骨氣，才會活得更高級〉開頭就是描述孫中山先生病危的場景，通過場景描述引出文章的主人公何香凝。

一九二五年三月十一日淩晨一點，在北京協和醫院病房內，病重中的孫中山先生自知已時日不多了。人生最後的盡頭，先生鄭重地請來了一位摯友，將愛妻宋慶齡託付於她，並再三囑託：「吾死後望善視之」。這份囑託，既是公事，也是私情，只有最信任的人才能夠委以重任。這位被孫先生和孫夫人如此信任的人，就是一代女傑何香凝。

這個場景描述，讓我們瞭解到孫中山先生在生命的最後時刻，將愛妻宋慶齡託付給文章的主人公何香凝，也從側面反映出何香凝的與眾不同，以及她的影響力。通過場景描述，就讓讀者對何香凝產生肅然起敬的感情。

#六、採用對比法開頭

通過對比，突出文章要講述的重點。通過對比，引出文章的主題。對比法其實是使用了心理學中的「對比效應」，人是很難脫離情境做出判斷的，比如，「冷」、「熱」的效應是通過對比感受到的。採用對比的寫法，突出我們所要講述的重點，讓讀者有感性認識。

我寫的〈大學生，如何在畢業前攢下8萬塊？〉一文的開頭就用了對比法，用對比法突出在畢業前存下八萬塊的不容易。

大多數學生都是畢業即破產，但有些人，在畢業時已經存下了不少資產。

我寫的〈如何有效閱讀一本書，寫出精采的書評？〉一文的開頭也用了對比。

你是否中了下面兩個症狀？
買書如山倒，讀書如抽絲！
翻開書就看，闔上書就忘。

用「買書如山倒，讀書如抽絲」的對比，突出閱讀的艱難，用「翻開書就看，闔上書就忘」的對比，突出閱讀效果的低下。通過對比法，擊中讀者的痛點，引發他們的共鳴，為下文的「有效閱讀一本書」的主題埋下伏筆。

#七、以富有哲理的句子開頭

富有哲理的句子能深深抓住讀者的注意力，也能夠穿越時空，被人們廣為傳誦。寫富有哲理的句子，可以模仿名著的開頭。很多名著的開頭都非常精采，那些經典的句子至今仍時常被引用。

《安娜．卡列尼娜》的開頭。

「幸福的家庭都是相似的，不幸的家庭各有各的不幸。」

《雙城記》的開頭。

「那是最美好的時代，那是最糟糕的時代；那是智慧的年頭，那是愚昧的年頭；那是信仰的時期，那是懷疑的時期；那是光明的季節，那是黑暗的季節；那是希望的春天，那是失望的冬天。」

在寫作時，可以用富有哲理的句子開頭，像《安娜．卡列尼娜》和《雙城記》的開頭那樣，給人留下深刻的印象，還可以成為經典的句子。

#八、引用名言

以引用名人名言作為開頭，或者採用題記的寫法，在題記中引用名人名言。引用名人名言可以增加說服力，也是一種常見的開頭寫作手法。採用名人名言可以提升說服力是有依據的，就是心理學中的「光環效應」，名人的光環會讓你覺得他說的話更有說服力。我寫的〈每天10分鐘，輕鬆提高深度思考的能力〉一文的開頭就引用了羅素和王興的名言。

大哲學家羅素有這樣一句名言：「很多人寧願死也不願思考。」美團網CEO王興曾說過這樣一句話：「多數人為了逃避真正的思考願意做任何事。」王興與羅素的話有異曲同工之妙。

通過羅素和王興的名言來證明思考的重要性，也為主題「如何提高深度思考能力」埋下伏筆。

6.3 精采結尾五大寫作手法

開頭的作用主要是吸引讀者的注意力，闡述文章的主題，吸引讀者閱讀全文。結尾的作用是收篇點題，昇華主題，總結全文，寄託希望，蘊含哲理。

精采的結尾往往能夠給讀者留下深刻的印象。這是源於心理學中的「近因效應」。「近因效應」是指，在有些情況下，最後出現的資訊會比最先出現的資訊的影響力更大。比如，你聽了五個人的演講，對最後一位演講者的內容印象最深刻，這就是近因效應。你看了一篇文章，對文章結尾的部分印象特別深刻，這也是一種近因效應。

#一、昇華主題，收篇點題

在結尾昇華主題，收篇點題。文章〈孩子，讀書不苦，不讀書的人生才苦〉的結尾是這樣寫的。

讀書不苦，不讀書的人生才苦。

畢竟，一個連讀書的苦都吃不下的人，又如何嚥下生活的委屈？

學生時代是增長能力和見識的時代，如果在學生時代追求自由，那要什麼時候開始拚搏？童年是快樂了，那青年、中年和老年呢？這份無憂無慮又能持續多久呢？

若干年後你回看自己的學生時代，是後悔自己不夠努力，還是感謝自己足夠努力？

人一出生，就被劃分成寒門和豪門，這沒有什麼可怕的，真正可怕的，是你誤以為寒門和豪門之間只差一個素質教育，不要欺騙自己。

結尾點題「讀書不苦，不讀書的人生才苦」，並昇華主題「學生時代不拚搏，何時開始拚搏」。

#二、以富有哲理的句子結尾

這個寫法類似於「富有哲理的句子開頭」，在結尾用引人深思並富有哲理的句子結尾，昇華主題，引發讀者的思考。

以我寫的《時間的格局》一書裡的一篇文章〈可怕的不是階層固化，而是因此放棄了努力〉為例，結尾是這樣寫的。

每個人都有選擇的自由，你內心渴望什麼，就會為此執著，父母或家世，任何身外之物終究無法阻擋你的行動。我們最終得到的，是自己選擇的結果。

可怕的不是階層固化，而是你內心的絕望和無力感；可怕的是你以階層固化為理由，放棄了自身的努力和奮鬥。

在結尾點明了文章的主題「可怕的不是階層固化，而是因此放棄了努力」，並且用兩段比較富有哲理的句子來闡述，既點明了主題，又能給讀者留下深刻的印象，引發他們思考。我看到有些讀者寫《時間的格局》一書的讀後感，就引用了這段話。

我的文章〈即使人生可以重來，你還是老樣子〉的結尾是這樣寫的。

人生，終究是一條沒有回程的單行線，只能一路向前。過去的時光，縱然追悔莫及，已無濟於事。但我們可以通過回憶過去的經歷，總結過去的錯誤，創造更好的未來。

我在文章〈一個公式，拯救重度拖延症，華麗轉身成行動達人〉的結尾是這樣寫的。

你與夢想之間，只差一個公式的距離，這個公式就是POA行動力。當你開始行動，你會感受到行動的力量，愛上行動。唯有夢想，才配讓你焦慮；唯有行動，才能解除你的焦慮。

這三個例子都是以富有哲理的句子結尾的，用通俗一點的詞來講就是「金句」結尾。金句是指那些富有哲理，忍不住背誦下來的句子。用這樣的句子結尾能夠給讀者留下深刻的印象，他們甚至會朗讀或引用這些句子。

#三、引用名人名言結尾

在結尾時，可以引用名人名言點題結尾。這也是類似引用名人名言開頭的寫法。比如，〈別讓你的情緒拉低你的生活層次〉一文在結尾處引用了羅伯・懷特（Robert Wight）的句子。

> 羅伯・懷特也曾說：「任何時候，一個人都不應該做自己情緒的奴隸，不應該使一切行動都受制於自己的情緒，而應該反過來控制情緒。無論境況多麼糟糕，你應該去努力支配你的環境，把自己從黑暗中拯救出來。」生活的高手從來不會被情緒拉低自己的生活層次。

借羅伯・懷特的話來說明控制情緒的重要性，並點明主題「別讓你的情緒拉低你的生活層次。」

#四、寄託希望

寫文章的目的之一是引發讀者思想或者行為上的改變。在結尾可以昇華主題，寄託對讀者的希望，號召讀者行動起來。

文章〈貧窮，有著你想像不到的絕望〉就是以寄託希望的方式結尾的。

> 我想要一個有溫度的社會。雖然做起來很難，但是不能因為難就不做了。

我寫的〈身為女性，你是否習慣性低估自己〉一文的結尾鼓勵女性要積極主動一些，主動爭取表現的機會，勇敢抓住機會。

作為女性，我們應該更加積極主動一些，主動爭取表現的機會，勇敢抓住機會，而不是在機會面前退縮。提升自己的期望值，我們配得上更好的生活。

五、呼應開頭

在結尾呼應開頭也是結尾的一種寫法。此寫法，可以讓文章顯得內容銜接緊湊，結構嚴謹。

〈關於80後的7個真相，扎心了〉一文的開頭講到長者認為八〇後還是小孩。結尾呼應開頭，其實八〇後已經長大了，真的像個大人了。

文章開頭是這樣寫的：

那天聽一位長者提到八〇後，言談間頗有些輕蔑：那些八〇後小孩……

而八〇後最小的已經二十八歲，最大的三十七了，哪裡還是小孩。

文章的結尾是這樣寫的：

其實每代人都有每代人的幸運和不幸，每代人也都有每代人的特質和使命。從來就沒有什麼垮掉的一代。每一代在長輩眼裡不成器的晚輩，長大後都承擔起了自己的使命。就像多年前飽受詬病的八〇後，如今已經思慮周全、殺伐果斷，鐵肩擔道義，敢為天下先。今天的他們，真的像個大人了。

以上就是結尾的五大寫法。結尾的目的是總結全文，昇華主題，引發讀者的思考。當然結尾的方式並不局限於本書介紹的這五種，還有更多精采的寫法，你可以在閱讀文章時總結和模仿。

第7章

如何建立文章的框架

一篇文章的結構由標題、開頭和結尾、段落和層次、過渡和照應組成。前面章節已經講過了標題、開頭和結尾。本章重點闡述段落和層次、過渡和照應。標題重技巧，內文重結構。文章的內容脈絡要清晰，讓人一目了然。組織寫作訓練營，閱讀學員文章的過程中，我發現五十％以上的文章邏輯混亂，有些文章讀完之後令人丈二和尚摸不著頭腦，看不懂作者到底要說什麼。

一個人的文筆是需要日積月累的，無法在短時間內提升。但文章的標題和結構是可以在短時間內通過刻意練習提升的。

結構的基本單位是層次和段落。層次是指內容上相對完整的意義單位，也叫作意義段。段落是以換行為標誌的章法單位，也叫自然段。

層次的組合方式分為縱向組合和橫向組合。縱向組合，如時間順序、邏輯順序等。橫向組合，如空間順序，並列關係等。結構的基本要求是形式勻稱，銜接緊密，節奏鮮明。

本章主要講層次中的邏輯順序及段落的銜接。

7.1 常見的寫作框架

一篇文章由中心思想、材料、結構三部分組成。

> 中心思想也就是文章的主題，是文章的「靈魂」，要明確，一篇文章圍繞一個主題。材料是文章的「血肉」，材料要足夠豐富，才能論證中心思想。結構是文章的「骨架」，合理組織材料，讓文章的中心思想一目了然。

文章的結構可以從兩個角度來闡述。第一，外部結構，也就是文章的整體框架。第二，內部結構，也就是段落之間的銜接。一篇邏輯清晰的文章，不僅文章的整體框架清晰，段落與段落之間的銜接也非常自然。

文章的邏輯框架，就像是文章的骨骼，頭要放在頭的位置，手臂要放在手臂的位置。如果頭和手臂的位置互換了，那麼整個人看起來就會很奇怪。文章的邏輯框架也是如此，如果放錯了段落的順序，讀起來也會很奇怪，並且會讓讀者有丈二和尚摸不著頭腦的感覺。

一篇邏輯清晰的文章，讀者讀一遍就能明白作者闡述的觀點，而邏輯不清晰的文章，讀完之後則一頭霧水，不知道作者到底要說什麼，闡述什麼觀點，要告訴讀者什麼。因此，在寫作時，要注意文章的邏輯框架，讓自己的文章結構清晰，邏輯清晰。

寫作一篇文章，具體選擇什麼樣的邏輯框架，是由寫作主題，以及素材之間的關系決定的。一般材料之間的關係分為總分關係、並列關係、遞進關係、對比關係。根據素材之間的關係來選擇寫作的順序。如果素材之間是並列關係，那麼就採用並列的寫作框架。如果是遞進關係，那麼就要理清楚素材之間的邏輯關係，哪個素材先寫，哪個素材後寫，要弄清楚。不要顛倒了順序。如果是對比關係，是先闡述正面的觀點，還是先闡述負面的觀點？想清楚這些問題，也就不難梳理寫作順序了。下面就來詳細介紹每種邏輯順序。

總分總

總分總是最常見的寫作框架，也是我們最熟悉的寫作結構，小學語文課上老師就教了總分總寫作方式。你寫文章的時候，運用過總分總的寫作方式嗎？

總分總是一種三段式結構，是符合人類記憶的一種結構。開頭闡述主題，表明總論點。中間部分闡述論點或者講述故事來支撐自己的觀點。結尾再呼應開頭，昇華主題。中間幾個分論點之間可以是並列關係、遞進關係和正反對比關係，但不能是包含關係或者交叉關係。總分總的結構也可以分為總分、分總。

總分總的文章在講述分論點時，並列關係可以採用黃金三點法，也就是用第一、第二、第三形式闡述文章的觀點。觀點闡述結束，文章的主體部分也就結束了。另外，黃金三點法還可以寫成黃金五點法、七點法等。像《與成功有約：高效能人士的七個習慣》一書的結構就是採用黃金七點法的方式。第一章和最後一章就相當於開頭和結尾。主體部分就是闡述七個原則，每個原則之間是遞進的。黃金三點法結構尤其適用於乾貨類文章。

另外，分論點也可以是層層深入的遞進關係，以及正反對比的關係。我之前寫的文章〈大學生，如何在畢業前攢下8萬塊？〉就是總分總文章的例子。

大多數學生都是畢業即破產，但有些人，在畢業時已經存下了不少資產。今天故事的主人公是我的朋友莫琳，她在十九歲就實現了經濟獨立，在研究生畢業時已經攢下了八萬塊（約新臺幣三百五十萬）。對比我自己的經歷，真的是汗顏。我自己研究生畢業時是負資產，第一個月連房租都交不起。當我得知莫琳在畢業之前就攢下八萬塊時，我驚訝得下巴都要掉下來了。那莫琳是如何攢下這八萬塊的呢？

第一，家教，人生的第一桶金。

莫琳的第一桶金當然也是家教。她有著八年的家教經歷，無論是本國還是外國的孩子，高考生還是考研者，她都能一一從容應對。即使研究生畢業第一年上班，她依然是白天上班，晚上做家教。

第一份家教的雇主是一個小型教育機構，離學校大概一小時車程，每天下午四點半坐上唯一一班通往教育機構的公車，五點半到站，六點到八點上課，然後又要趕八點半的末班車，九點半下車步行回寢室，到寢室時十點左右。

每天兩小時的授課所得僅為人民幣五十元，懷揣著強烈的責任感，她中途從未產生過放棄的念頭。她的第一份家教為她後來整整八年的家教經歷打下了堅實的基礎。

憑著家教的收入，莫琳在大二時就可以養活自己。她說，在這麼年輕的時候可以養活自己，給了自己很大的自信，只要努力，就可以把控自己的人生。

第二，學校的勤工儉學[9]。

除了家教，莫琳同時也申請了勤工儉學。在學校勤工儉學的經歷是她的職場第一課。很多人覺得勤工儉學就是打雜，混混時間罷了，而莫琳卻做得非常認真和出色。

莫琳覺得工作沒有高低貴賤之分，關鍵是你的態度。勤工儉學的工作之一是整理檔案。整理檔案的事情很瑣碎，很多人常常會出錯。

但莫琳從來不出錯，而且做得既快又好。因此，莫琳也負責給新人或老師培訓如何整理檔案。因為莫琳出色的工作，老師非常信任她。一段時間之後，老師就把辦公室的鑰匙給莫琳，她可以自由選擇工作時間。

這個經歷讓莫琳意識到，當你獲得別人的信任時，你就能提高自己的自由度。獲得了老師的信任，她可以選擇自己有空的時候去整理檔案，而不是在固定時間。

勤工儉學的經歷也讓小小年紀的她認識到：人生的道路有很多種，如果你把事情做好，選擇哪種道路都不會差。

第三，獎學金，人生儲備金的重要來源。

莫琳存下的八萬塊中，一半是獎學金的收入，有國家獎學金、課題費，還有參加比賽獲獎的獎金。

9 在學的同時，透過兼職或利用假期工作，賺取報酬。即臺灣的工讀生。

也許你會好奇，她把大部分時間都花在家教、勤工儉學上，哪裡來的時間去學習，沒有時間學習怎麼可能拿到獎學金？

每天做完家教回到寢室後，她會利用睡前的時間學習專業知識，還會每天看財經節目或者美劇。白天上課也不會瞌睡，因為她要好好聽課，拿獎學金。

而每次進入期末備考階段，她每天的睡眠時間平均只有四小時，淩晨兩點到六點。所以，莫琳以名列前茅的成績多次拿下各種獎學金。她覺得，在學生時代，只要稍微多努力一點，就能拚到自己設定的目標。

第四，五百強企業實習。

莫琳在畢業之前，不僅攢了八萬塊，還積累了非常豐富的實習經驗。她從本科畢業之後就開始實習，在研究生期間在三家不同的世界五百強公司實習。

從前面莫琳勤工儉學的例子也可以看出，莫琳做每一件事都會做到極致。她說，我做的事情就是能比別人做得好，老闆自然能看到我的價值。

在實習期間，她除了做好自己的本職工作，還會非常認真地觀察同事和老闆的做事風格。第一任老闆是一位優雅的女性，她有著自己的辦公室，辦公室的外牆是玻璃的。莫琳每天在觀察她，她發現老闆的辦公桌非常整潔，而且工作的每時每刻都是挺直腰背非常優雅地辦公。

莫琳從老闆身上學到了這些優點，她的辦公桌也非常整潔，而且工作時也是挺直腰背，直到現在還保持著這樣的習慣。當別人問起，她自信地回答：「因為我上一任老闆就是這樣的。」

在實習期間，她養成了良好的工作習慣，受到每位老闆的認可和讚賞。當她畢業進入職場時，已經能夠在職場獨當一面了。而與她一起畢業的同學，卻需要從頭開始學起，她自然就能脫穎而出。

如今的莫琳，工作兩年，在一家世界五百強外企擔任總經理助理，而銷售部的老大又希望她去銷售部工作。莫琳的職場發展得風生水起，儘管她是才入職兩年的新人。

當我與莫琳談話時，她給了我很多職場上的建議，雖然我們是同齡人。

莫琳在十九歲實現經濟獨立，畢業之前攢下八萬塊，錢雖然不多，但她所有的經歷讓她更加自信，更有底氣地去追尋自己的夢想。

像她這樣活得如此認真的女孩，運氣一定不會太差。

#並列結構

並列結構是指文章各個素材之間的關係是並列的，各部分內容之間沒有主次輕重之分。先講誰，後講誰，是沒有區別的。

並列式的文章結構是自媒體中最常見的寫作方式，尤其適用於講故事。很多 10w+ 的文章通常是寫三個故事，三個故事之間是並列的。每個故事加上自己的思考，在結尾的時候總結幾個金句，昇華主題，就是一篇完整的文章。

用一個公式來表達就是：三個故事＋評論。評論可以穿插在故事與故事之間，或者也可以直接在文末進行昇華，由故事來引出道理。我們小時候所看的《安徒生童話》、《格林童話》等都是通過講故事來闡明一個道理的，且道理一般都放在文末。

並列結構特別適合寫情感類的文章，或者是通過講故事來闡述道理的文章。

用一篇文章來舉個例子，我所寫的一篇閱讀量 10w+ 的文章〈你的時間格局，決定了你的人生〉就是採用並列框架來寫的。

〔1〕

瀟瀟和我是和君商學院的同窗好友。她是某國資集團投資部資深投資經理，是清一色男性投資經理中唯一的女性。

某日午後，在商場的星巴克咖啡店裡，身懷六甲的瀟瀟娓娓道來她誤打誤撞進入投資領域的經歷。

瀟瀟研究生畢業後，就職於甘肅一家國企集團的海外投資部。

合作夥伴是高盛、渣打等世界知名投資銀行的優秀人才。她被頂級投行從業者的風度、睿智、眼界等深深吸引。從那時起，她在心中暗下決心：將來的某一天，我也要成為這樣的人。

《鯊堡的救贖》裡有一句經典的臺詞：有一種鳥是永遠也關不住的，因為它的每片羽翼上都沾滿了自由的光輝。

瀟瀟為了實現心中的夢想，報考了被譽為「全球金融第一考」的CFA考試，並且是全公司唯一報考的人。

那段時間，工作特別忙，每天都要加班，有時甚至加班到淩晨。但不管下班多晚，瀟瀟都會抽出時間自學CFA。在沒有參加任何培訓課及高強度的工作壓力下，她以自學的方式拿到了CFA三級證書。

工作兩年，她做了一個出乎所有人意料的決定：裸辭。

她的同事們立刻開始冷嘲熱諷：就憑你，也能在上海找到工作？放棄這麼高薪穩定的工作，真是傻子。

瀟瀟沒有理會同事們的嘲諷，一個人拖著兩個行李箱，坐上南下的火車，隻身來到上海。她一個人在上海人生地不熟，又恰好遇上金融風暴，金融人士紛紛失業，找工作的過程異常漫長。

瀟瀟一個人住在七平方米（約兩坪）的出租屋裡，在深夜裡痛哭，耳畔響起前同事們對她的冷嘲熱諷。功夫不負有心人，三個月後，瀟瀟在上海找到了一個合適的職位。經過五年的努力，她成為部門唯一的女投資經理。

當年嘲笑她的同事一直在原來的工作單位。最近，公司重組裁員，一些同事給瀟瀟打電話打聽上海的職位。

多年後，同事們才發現，當年的瀟瀟是多麼有遠見，她選擇了一條更加艱難的道路，卻也是成長最快的道路。

他們直到重組裁員，才發現外面市場變化很快，自己工作多年技能卻沒什麼提升，在求職市場完全沒有優勢。

瀟瀟是一位有時間格局的人，即使有一份看似穩定高薪的職位，但為了實現自己的夢想，她願意去迎接更具挑戰的職位。她相信，未來的那個「她」，一定會感謝現在拚搏的自己。

〔2〕

Miki 是一家花藝店的老闆，住在我家附近。在現在這個時代，很多人都陷入知識焦慮，每天過得忙碌而焦慮。

Miki 是個另類，別人晒努力加班來獲得老闆關注，她卻每天晒鮮花，晒她和貓咪的合影，一副歲月靜好的樣子。

曾經的 Miki 也是忙碌的都市白領，在一家外企從事銷售工作，業績好，工資高，管理著幾十個人的銷售團隊。

出乎所有人的意料，在工作的第八個年頭，她決定辭職，放棄原本高薪又體面的工作，在家人的極力反對下，毅然走上了漫漫創業之路。

她說：「所有看似光鮮亮麗的東西，其實都有你意想不到的艱辛和不堪。職場是戰場，亦是圍城，之前的銷售工作，幾乎將所有的時間都消耗在出差、應酬和交際上，馬不停蹄、身心俱疲。」而這並不是她想要的生活。

辭職後，她選擇過一種慢生活，去嘗試不同的事物。她去學習插花、品茶、繪畫。在一次插花課上，她發現自己全身心地投入，並感受到了內心的寧靜和平和。插花讓她從快節奏的都市生活中得到了解脫。

她靈光一閃：何不開一家文藝范兒的花藝店？這既是自己喜歡做的事情，又可以重拾過去的愛好。

不到一個月的時間，她的花藝店就開張了，從採購到花店的佈置，全由她一個人搞定。

一個人經營一家花店並不容易，甚至比之前的銷售工作還要忙。每天淩晨四點起床，去花市採購鮮花，親自挑選高品質的花朵。每日研讀花藝雜誌，做筆記、找靈感、出設計。

Miki 不僅深深熱愛現在的生活，也通過花藝一點點編織著花園小屋的夢想。她希望人們來到她的花園小屋，可以摘掉偽善的面具，卸下沉重的壓力，賞花鑒花，身心安寧，大腦得以思考或放空。

有著長遠時間格局的人，終究能過上自己夢想的生活。

〔3〕

宋依霖是我朋友圈裡的一位冠軍運動員。認識宋依霖，是因為她參加了我組織的「二十一天愛上寫作訓練營」。她是職業高爾夫運動員，國家運動員，二〇一五年海南公開賽冠軍。

我曾問她，職業生涯中遇到的最大挫折是什麼？她笑著說，挫折多得數都數不清。她在十四歲時就定下了目標，要成為職業高爾夫運動員。可是這五六年來，漫漫業餘路上總是和冠軍失之交臂。直到二〇一五年，她才獲得人生第一個業餘公開賽的冠軍，為她的業餘比賽畫上了圓滿的句號。這期間的挫折和困難可想而知。

有不少和她一起練球的朋友，一開始打得很好，遇到一點挫折就無法忍受，開始自暴自棄，泡夜店、酔酒，最後放棄了打球，遺憾地離開了球場。她是少數幾位從業餘選手轉為職業選手的人。

依霖說：「高爾夫比賽，堅持到最後的才是贏家。」先學會輸，才有機會贏。不管遇到什麼困難，都要堅持打下去。她的目標是參加日本巡迴賽和美國巡迴賽。

有時間格局的人，不會被眼前的困難阻礙，更不會因為生活中一些小小的挫折而放棄了努力，因為有更遠大的目標在召喚著他們。

人生，就是一場自己與自己的較量。有些人，願意努力十年來實現自己的夢想；而有些人，即使二十一天都堅持不了。那些有著驚人毅力的人，其實，只是他們有更大的時間格局。時間的格局不同，人生的境況也會有很大不同。

時間格局不高的人，只能看到眼前的得失和利益，遇到一點困難就想放棄。因此，年復一年，只見時間流逝，不見個人成長。

而時間格局高的人，不僅會思考今天發生的事，還會思考兩年後、五年後、十年後這個社會需要什麼樣的人才，自己想要成為什麼樣的人，眼前的困難根本不值一提。

就像馬雲曾說：「阿里巴巴不是這兩年做成的，是十五年以前我們的思考，堅持了十五年，才走到了今天。」

十年前的思考和十年的行動，鑄就了今天的你。同樣，十年後的你，也是你現在每一天的思考和行動鑄就的。

你擁有什麼樣的時間格局，就擁有什麼樣的人生。

#遞進式結構

文章的內容逐層深入，就像剝洋蔥一樣，一層層深入，如〈不求甚解〉一文。先從「不求甚解」一詞的來歷談起，分析了陶淵明的讀書方法，一是要「好讀書」，二是主張讀書要會意；再從正、反兩方面舉例說明，讀書應當重在讀懂書本的精神實質，而不是尋章摘句。最後進一步從正、反兩方面論證了讀書「不求甚解」的重要性。

以下為〈不求甚解〉的全文。

一般人常常以為，對任何問題不求甚解都是不好的。其實也不儘然。我們雖然不必提倡不求甚解的態度，但是盲目地反對不求甚解的態度同樣沒有充分的理由。

不求甚解這句話最早是陶淵明說的。他在〈五柳先生傳〉這篇短文中寫道：「好讀書，不求甚解；每有會意，便欣然忘食。」人們往往只抓住他說的前一句話，而丟了他說的後一句話，因此對陶淵明的讀書態度很不滿意，這是何苦來呢？前後兩句話緊緊相連，交互闡明，意思非常清楚。這是古人讀書的正確態度，我們應該虛心學習，完全不應該對他濫加粗暴地、不講道理地非議。

應該承認，好讀書這個習慣的養成是很重要的。如果根本不讀書或者不喜歡讀書，那麼無論說什麼求甚解或不求甚解都毫無意義。因為不讀書就不瞭解什麼知識，不喜歡讀也就不能用心去瞭解書中的道理。一定要好讀書，這才有起碼的發言權。真正把書讀進去了，越讀越有興趣，自然就會慢慢瞭解書中的道理。一下子想完全讀懂所有的書，特別是完全讀懂重要的經典著作，那除了狂妄自大的人以外，誰也不敢這樣自信。而讀書的要訣，全在於會意。對於這一點，陶淵明尤其有獨到的見解。所以，他每每遇到真正會意的時候，就高興得連飯都忘記吃了。

這樣說來，陶淵明主張讀書要會意，而真正的會意又很不容易，所以只好說不求甚解了。可見這不求甚解四字的含義有兩層：一是表示虛心，目的在於勸誡學者不要驕傲自負，以為什麼書都一讀就懂，實際上不一定真正體會得了書中的真意，還是老老實實承認自己只是不求甚解為好。二是說明讀書的方法，不要固執一點，咬文嚼字，而要前後貫通，瞭解大意。這兩層意思都很重要，值得我們好好體會。

列寧就曾經多次批評普列漢諾夫，說他自以為熟讀馬克思的著作，而實際上對馬克思的著作卻做了許多曲解。我們今天對於馬克思列寧主義的經典著作，也應該抱虛心的態度，切不可以為都讀得懂，其實不懂的地方還多得很哩！要想把經典著作讀透，懂得其中的真理，並且正確地用來指導我們的工作和生活，還必須不斷努力學習。要學習得好，就不能死讀，而必須活讀，也就是說，不能只記住經典著作的一些字句，而必須理解經典著作的精神實質。

在這一方面，古人的確有許多成功的經驗。諸葛亮就是這樣讀書的。據王粲的《英雄記鈔》說，諸葛亮與徐庶、石廣元、孟公威等人一道遊學讀書，「三人務於精熟，而亮獨觀其大略。」看來諸葛亮比徐庶等人確實要高明得多，因為觀其大略的人往往知識更廣泛，瞭解問題更全面。

當然，這也不是說讀書可以馬馬虎虎，很不認真。絕對不應該這樣。觀其大略同樣需要認真讀書，只是不死摳一字一句，不因小失大，不為某一局部而放棄了整體。

宋代理學家陸象山的語錄中說：「讀書且平平讀，未曉處且放過，不必太滯。」這也是不因小失大的意思。所謂未曉處且放過，與不求甚解的提法很相似。放過是暫時的，最後仍然會瞭解它的意思。

經驗證明，有許多書看一兩遍還不懂得，讀三四遍就懂得了；或者一本書讀了前面有許多不懂的地方，讀到後面才豁然貫通；有的書昨天看不懂，過些日子再看才懂得；也有的似乎已經看懂了，其實不大懂，後來有了一些實際知識，才真正懂得它的意思。因此，重要的書必須常常反復閱讀，每讀一次都會覺得開卷有益。

#正反對比結構

以下就是一篇用對比結構來寫作的文章〈做不喜歡的工作，是怎樣的體驗〉。

有沒有想過一份不喜歡的工作正在侵蝕著你的身心？

朋友小伊研究生畢業，以管理培訓生的身分入職一家世界五百強外企。五百強外企的管理培訓生，羨煞旁人。

除了本職工作，小伊在業餘時間還做著很多事情。我與她頻繁見面，是因為我倆在一起採訪職場女性。每次見到小伊，她都充滿活力，她的自來熟和熱情，能在非常短的時間內創造輕鬆熱絡的氛圍，與採訪嘉賓建立起良好的關係。

我十分羨慕小伊，在名企有一份高薪的工作，又做著自己喜歡的事情，彷彿有用不完的精力。

當我和小伊一起去採訪一位職場女性時，小伊坦言自己一點也不喜歡現在的工作。每天都不願意起床，因為心裡非常抗拒上班。

她每天早上六點鐘掙扎著起床，七點鐘坐班車，八點半到公司，下午再坐班車回家。每天通勤需要花費三個小時。但這不是她討厭這份工作的主要原因。

她所在的部門是機器人研發，每天要去車間[10]看生產線運轉情況。每天面對機械臂這些冷冰冰的機器，對她這種熱情洋溢，喜歡與人打交道的人來說，真的是一種極大的束縛。

10　指負責生產的單位，通常有一定規模，負責一個獨立的產品。

工作時，坐在格子間裡，常常走神，工作沒有動力，能拖就拖。她心裡對這份工作的抗拒，都反映在她身體上。嚴重脫髮，每次梳頭，頭髮就會掉一大把。她原本烏黑的頭髮不知何時生出不少白髮。每個月定期失眠，整夜睡不著。常常連續好幾天失眠，拖著疲憊的身體去上班。有時實在吃不消，只能向主管請假，雖然知道主管對她有意見：剛入職的新人，工作這麼不上心。但她的身體實在是扛不住了。

有時候，她會控制不住自己的情緒，莫名其妙對家人發火。她知道這樣的行為會傷害家人，可就是忍不住。心中的鬱結無法對他人傾訴，只能對家人發洩。下班回到家，就會癱倒在床上，連說話的力氣都沒有。

當她講述這些時，我很震驚。我從未想過一份工作居然會給人的健康帶來如此大的傷害。雖然，她工作壓力並不是那麼大，也不常加班，只是心裡不喜歡這份工作，只是每天早晨要六點起床趕班車。如果她不說，我並沒有發覺。相反，我每次見到她，她都是精神飽滿，像打了雞血似的。她說，因為這些是自己喜歡做的事情，很開心，全情投入，做這些事情簡直就是享受。

採訪的職場女性恰好是校友學姐，小伊袒露自己很喜歡學姐在做的事情。學姐說，她正好需要招聘新員工。她強烈表達了想要加入學姐的團隊。作為旁觀者，我看到她與學姐溝通時，整個人的精神狀態與她之前描述的工作狀態完全不同。

在回去的路上，她興奮地說：「我終於可以辭掉工作，做自己喜歡做的事情了。」我說：「可是這份工作薪水比你原來的工作低很多。」她不以為然：「能做我喜歡的事，又能養活我自己，我就很滿意了。我很早就想辭職了，就算沒有這份工作，我也會把原來的工作辭掉。我的身體實在吃不消了。」

做自己不喜歡的工作，居然有這麼大的影響。本以為，做自己不喜歡的工作，無非是打打醬油，混混日子，沒想到身體居然會起如此大的反應。心理影響身體，當身體出現問題時，說明真的應該換工作了。

她原來的那份工作，是多少應居生夢寐以求的崗位，也是非常有發展前途的崗位。可是不喜歡，崗位再好對她而言也沒有吸引力。

有些人，早已經辭掉不喜歡的工作，做著自己喜歡的工作。

小羽是我和小伊一起採訪過的女性，她經營著自己的花店。她曾是外企的銷售，業績非常好。銷售需要常年出差，在工作的第八個年頭，她實在不想要那種忙碌的生活，想要調整，向老闆辭職。老闆不同意她的辭職，先給了她三個月的假期調整狀態。三個月後她依然不願意回去上班，假期延長到了六個月。六個月之後，她還是辭職了。

在休假期間，她學了插花，抓住了偶然的機會，在一個月的時間裡，將自己的文藝范兒花店開了起來。

開花店並不是那麼輕鬆的工作，店裡大大小小的事情都要親力親為。工作的忙碌程度，並不輸之前的銷售工作。小羽很喜歡現在的狀態，做著自己喜歡的事情，忙一點兒也很開心。況且，現在的時間是自由的，心靈是自由的，一切都可以自己掌控。

忙碌並不是不喜歡一份工作的主要原因，終究還是不喜歡做那份工作時自己的狀態。當工作狀態是敷衍、完成任務萬歲，不願意進步時，說明自己對於這份工作，並沒有太大的熱情。

我並不是要勸你立刻就辭掉工作，來一場說走就走的裸辭。不管是小伊還是小羽，她們辭職前，都做了充分的準備。

在現實世界裡，即使你不喜歡自己的工作，也不該直接甩手，撂挑子不幹。在成人的世界裡，除了喜歡與不喜歡，還有責任和生存壓力，畢竟大家都是成年人了，需要為自己負責，需要養活自己。人生真的應該做自己喜歡的事情，為自己喜歡的事情投入精力和熱情。而不是在不喜歡的工作上耗費心力。

做自己喜歡的工作並不簡單，但非常值得。終有一天，我們會以自己心安理得的方式，在喜歡的地方，做著自己喜歡的事情。

7.2 邏輯混亂怎麼辦

如果你覺得自己的文章邏輯混亂，那麼你可以在寫作之前，通過以下幾種方式先思考好文章的框架，然後再下筆。

1. 列大綱法

在下筆之前，可以通過列大綱的方式，先在A4紙上列出文章的大綱，再開始動筆寫文章。

2. A4紙列素材法

在A4紙上列出所有與主題相關的素材，再篩選出與主題相關的素材，合併同類項目，按照一定的邏輯順序組織這篇文章。

3. 思維導圖法

寫文章之前，先把文章的大綱用思維導圖畫出來，然後在寫作時，根據思維導圖填充內容。但有些人，如果先列好大綱寫作，會覺得無法下筆。對於這樣的寫作者，可以先用自由寫作的方式寫好初稿，然後在修改的時候再來調整文章的邏輯順序，使段落之間的銜接更加順暢。

寫完文章後，在修改時可以思考一下，這篇文章是按照什麼邏輯框架來寫的，可以調整段落之間的順序，使文章的邏輯更加清晰。

修改時，可以先用思維導圖的方式整理文章的內容，如果你的思維導圖的結構非常清晰，說明你的文章結構也是比較清晰的，如果很難用思維導圖來總結文章內容，則說明文章的邏輯比較混亂，你應該重新調整文章的順序。另外，有時候自己可能會有盲點，可以先傳給朋友閱讀，讓朋友看你的文章結構是否清晰，請他提供建議。

即使在寫作時沒有套用邏輯框架，在修改時仍然可以調整文章順序，讓自己的文章符合某一種邏輯順序。

7.3 段落之間的銜接

文章的骨架除了整體部分要符合特定的框架以外，部分之間的銜接也要順暢。文章的段落銜接好了，才能前後連貫構成整體。

> 段落之間的銜接，也叫「過渡」。過渡是指體現段落與段落、層次與層次等各種銜接關係的形式或手段。它在文中起著承上啟下的作用，使文中前、後相關的兩個段落或層次上下連貫，文脈相通。必要的過渡可強化文章的邏輯性和層次感，使結構更加嚴謹。

具體該怎麼來過渡？我們來學習以下四種段落銜接方式。

1. 用詞語過渡

關聯詞過渡：如表示轉折的「然而、但是、可是、不過」等。表示因果關係的「因此、所以」等。表示承接的「於是」等。表示總結的「由此觀之、綜上所述」等。用這些關聯詞可以連結段落之間的關係。

用序數詞過渡：比如，採用序數詞「第一」、「第二」、「第三」來表示過渡。常見的表示順序的詞語還有首先、其次，或者首先、然後、接著等。

在前文講的〈常見的寫作框架〉裡，其實說的就是通過「第一」、「第二」、「第三」這樣的序數詞來讓文章邏輯清晰。

2. 用句子過渡

- 用提示句過渡。
- 用設問句過渡。
- 用重複句過渡。
- 用承上啟下句過渡。

3. 用過渡段過渡

過渡段是指在文章上、下兩段中間設置一個過渡段，承上啟下，銜接自然。這種方式在文章中運用最頻繁，也是使文章結構最緊湊的一種方法。怎樣設置過渡段？一般過渡段是前幾段文字的總結，加上後幾段文字的總起。用這樣的方式可以快速並巧妙地在文中設置一個過渡段，讓文章結構清晰，銜接自然。

4. 用小標題過渡。

用小標題過渡是自媒體寫作中非常常見的一種方式。大部分自媒體文章都是用小標題方式過渡的。

7.4 開頭和結尾照應

除了過渡，為了使文章內容銜接緊湊，結構嚴謹，一篇文章中前面寫到的，中間或結尾都要有交代；後面提到的，前面要有所鋪墊，這種安排設計叫作「照應」。

常見的照應方法有三種：首尾照應、文題照應、前後照應。以我們非常熟悉的課文〈小橘燈〉為例，這三種方法在〈小橘燈〉中都有範例。

1. 開頭和結尾照應

開頭寫道：「這是十幾年以前的事了。在一個春節前一天的下午……」結尾寫道：「但是從那時候起，每逢春節，我就想起那盞小橘燈。十二年過去了……」，結尾呼應開頭的「十幾年以前的事了」，以及「春節前一天的下午」。

2. 文題照應

文章中，多處照應了題目〈小橘燈〉。比如，文章第五段的「我下樓在門口買了幾個大紅橘子，塞在手提袋裡，順著歪斜不平的石板路，走到那小屋的門口。」和第六段、第七段、第八段小姑娘掰開橘子製作小橘燈的動作，第九段的「我提著這靈巧的小橘燈，慢慢地在黑暗潮溼的山路上走著。」和第十段的「我的朋友已經回來了，看見我提著小橘燈，便問我從哪裡來。」在呼應題目〈小橘燈〉。

3. 文章前後照應

比如，第二段對房間陳設的描寫，提到竹凳及牆上的電話；第三段寫小姑娘登上凳子要打電話的動作。第二段提到朋友有事出去，第十一段則交代朋友已經回來了。

〈小橘燈〉行文處處照應，結構嚴謹，來龍去脈清晰鮮明。我們在寫文章時，也要學會這三種照應方式，讓文章內容銜接緊湊，結構嚴謹。

第8章

如何修改文章

好文章是改出來的，古今中外，但凡文章寫得好的人，大多在修改上下過功夫。《紅樓夢》的作者曹雪芹「批閱十載，增刪五次」。托爾斯泰的《戰爭與和平》據說前後修改過七遍。海明威的《永別了，武器》的結尾重寫了三十九遍才滿意。《不畏將來，不念過去》的作者十二在出版前將書稿整整修改了十二遍。

唐宋八大家之歐陽修寫完文章後，總要貼在牆壁上，以便隨時修改，有時一篇文章竟會修改到一字不留。他的老伴怕他用功過度說：「何自苦如此，當畏先生嗔耶？」歐陽修笑曰：「不畏先生嗔，卻怕後生笑。」著名散文作家楊朔曾說：「我的散文是改出來的，我的手稿總改得密密麻麻。」他的〈雪浪花〉手稿全文不過三千字，修改的地方有兩百多處，沒有改動的句子僅剩十五處。

美國知名小說家之一約翰．厄文（John Irving）曾說：「修改是編輯的靈魂，作為一個小說家，改寫占了我人生的四分之三。」

大師們的作品尚且經過好幾遍的修改，何況我們的呢？我們呈現給讀者的不應該是初稿，而是經過多次精心修改過的文章。

8.1 如何修改文章

修改文章時，要用修改一本書的態度來修改一篇文章。如果文章將要被收錄到一本書中出版，那麼作者會更加嚴謹地對待這篇文章，因為出版之後，即使發現了錯誤，也無法再修改。我們修改平常的文章也該有這樣謹慎的態度。

#將寫和修改分開來

在講修改文章之前，先說明將「寫」和「修改」分開來的創作方法。

”寫作和修改是兩件不同的事情，創作時是作者角色，修改時是批評者角色，作者角色和批評者角色要嚴格分離。

寫作時是創作的大腦，應該天馬行空，無拘無束，放飛想像力，盡量快速地寫作，不要重讀寫下的文字。一旦去批判自己的文字寫得好或不好，就會轉換成批評者的角色，想像力和創意就會受到限制。

修改文章的過程是批評者的角色，要站在讀者的角度來重讀自己的文章，要「心狠手辣」，大刀闊斧刪除寫得不好的文字。“

寫完文章之後應該放一段時間再來修改。因為剛寫完文章，作者的思路、情緒並不能在短時間內就從文章中抽離出來，比較難以客觀地批判自己的文章。有些樂觀的作者會覺得自己的文章實在是寫得太好了，幾乎沒有可以修改的地方。悲觀的作者會覺得自己的文章寫得太爛，恨不得撕掉。讓文章「冷卻」一段時間，再來複看文章，往往能發現不少缺點和錯誤。一般而言，可以放一兩天再來修改，至少放一夜，第二天再修改。

不過現在是自媒體時代，寫文章講究時效性，尤其是追熱點的文章，錯過了最佳的發文時間，閱讀量就會相差很多。熱點文章寫完之後很難等一兩天再發布。針對自媒體熱點文章的修改過程，寫完文章可以請別人閱讀一遍，或者放十～十五分鐘，休息一下，換個思路，再開始修改文章。

現在很多自媒體平臺都是日更。針對這樣的情況，除了熱點文章之外，作者可以提前寫好文章，而不是當天寫當天要發布的文章。即使是當天寫當天的文章，也需要備幾篇備用文章，以備不時之需。

#從讀者的角度來修改

寫文章時，我們主要考慮的是自己想要表達什麼，修改文章時，要站在讀者的角度來修改，要去思考讀者想要閱讀的是什麼內容。一篇文章至少要寫一遍，修改一遍。

寫初稿時，把腦子裡的想法直接寫出來，能寫多快就寫多快，而且在寫作過程中不要把稿子交給別人看。關起門來寫作的好處是，讓自己全神貫注地寫作，其他一概不需要理會。

寫完初稿之後，放空一段時間，再重新讀一遍自己的文章，尋找可以改進和刪除的地方，做一些修改。然後可以分享給身邊的親朋好友來閱讀，聆聽他們的回饋意見，綜合考慮是否需要按照他們的回饋來調整文章。

修改時，要爭取比初稿的字數更少一些，刪掉與主題無關的內容及可有可無的句子，修改囉唆的句子。修改稿至少要比初稿更加簡潔。

#奧威爾寫作六原則

葉聖陶與夏丏尊先生在《文心》裡有這樣一句話：「做成了最好自己仔細看過，有一句話一個字覺得不妥當就得改，改到無可再改才罷手。這個習慣必須養成。不論做什麼事情能夠這樣認真，成功是很有把握的。」修改文章最重要的是修改思想。葉聖陶先生曾說：「修改文章不是什麼雕蟲小技，其實就是修改思想，要它想得更正確、更完美。」

修改文章的過程也是修改思想的過程。在第一遍寫作時，有些句子思考得不夠嚴謹，有些表達不夠精準，修改是為了讓文字能夠精準地表達思想，也是為了讓自己的思想更加嚴謹。喬治·奧威爾（George Orwell）在《政治與英語》裡寫了自己寫作的六條基本原則。

(1) 絕不要使用在出版物裡經常看到的隱喻、明喻和其他修辭方法。
(2) 如果一個字能說清，不要用兩個字。
(3) 但凡一個字能刪掉，一定要刪掉。
(4) 只要能用主動語態，絕不要用被動語態。
(5) 能用常用詞的時候，不要用外來詞、術語和行話。
(6) 絕不要用粗俗語言，為此可以打破上面任一規則。

我們在寫作時，也可以參考奧威爾的六條基本原則，總結出自己的寫作原則。記住，清晰的寫作來自於清晰的思想。

#修改文章五步法

接下來我們詳細介紹修改文章五步法。

> 修改文章時，按照先整體，後局部的方式來進行。先從整體思考文章的主題是否明確，選材是否合適，邏輯是否清晰，這些修改好之後，再去修改文章的細節，比如，用詞是否精確，標點符號是否正確，是否有錯別字等。

如果先修改局部的字、詞、句，修改完之後，才發現文章的主題不夠明確，或者選材不合適，那麼前面的修改也就白做了。因此修改文章時，按照從整體到局部的順序進行更加合理。

可以從以下五方面來修改文章：主題、材料、邏輯、語言、標題。

1. 主題是否明確

一篇文章一個主題，不能什麼都寫，什麼問題都想一起解決，這樣會分散讀者的注意力，讓讀者不清楚作者到底要講什麼主題。我們所謂的跑題，其實就是寫著寫著寫到了其他主題上去了，初學者特別容易犯這個錯誤。蒐集素材的階段是「做加法」的階段，修改文章的過程是「做減法」的過程。

修改文章時，一定要刪掉與主題無關的素材。切記，一篇文章圍繞一個主題來寫作。

2. 刪除與主題無關的素材

修改時，要注意考慮所選材料是否能說明主題。如果所選材料與主題不符，不僅會大大減弱文章的說服力，還會鬧出笑話。因此，所選材料要典型，否則就必須更換。

要刪除與主題無關的內容。文章要有側重點（重點中的重點），在修改時，要大刀闊斧，也要忍痛割愛，把不相關的素材刪掉。俄國作家契訶夫（Chekhov）曾說：「寫得好的本領，就是刪掉寫得不好的地方的本領。」

3. 文章的邏輯是否足夠清晰

寫初稿時，往往想到什麼就寫什麼，即使列了提綱，寫作時也不一定按照既定的思路去寫，因此寫的初稿有時候會邏輯紊亂，詳略不分，銜接不緊，結構鬆散。因此，修改文章時，要重點調整段落之間的順序，讓文章更有邏輯性。

4. 邊讀邊改，潤色語言

文章的主題、材料、邏輯三部分沒有問題之後，就可以開始修改文章的細節部分，也就是文章的語言，讓文字內容更加具體，描寫更加生動，用詞更加精準，也可以檢查是否有不通順的句子，是否有錯別字，是否有用錯的標點符號等。

可以用朗讀的方式，邊讀邊改，推敲潤色。朗讀過程中，可以發現文章不通順的地方和錯別字。

5. 標題是否足夠吸引人

標題是一篇文章的畫龍點睛之筆。但初學者寫完文章之後，往往不加思考，隨意取一個標題，這是非常不可取的。標題一定要多琢磨。關於如何取標題，可以參考標題一章。

8.2 語言的修改和潤色

文章整體修改後，還有一個潤色階段，修改文章的病句，讓語言更加優美。在修改文章的語言時，可以從以下四方面來修改潤色。

語言的修改和潤色

1. 刪除多餘的「的」

「的」字是白話文中使用頻率最高的一個字。因為「的」字的功能很多，既可以充當形容詞，如有趣的節目，又可以充當判斷詞，如你是錯的，還可以是表從關係的形容詞，如他的看法不對等。在英語中，可以用不同的介詞來表達，在白話文中，基本都是用「的」來表達。

余光中曾說：「少用『的』字，是一位作家得救的起點。」他認為：「的」字在朗讀時的節奏上只占半拍，有承接之功，無壓陣之用；但是在視覺上卻也儼然填滿一個方塊，與前、後的實字分庭抗禮。因此「的」字對於文字的破壞力很強。如果「的」字不加節制，出現太頻繁，不僅聽來瑣碎，看來紛繁，而且可能擾亂了文意。

修改的時候，要去掉不必要的「的」字。有一位作者曾說：「十餘年前進《人民日報》國際部夜班編輯部的時候，聽老編輯們說，絕大多數的「的」字可以刪掉。一試，果然如此。」

絕大多數的「的」字都可以刪掉。刪掉「的」字之後，文章也會變得更加簡潔、更有節奏感。每次寫完一篇文章，可以統計一下全文所用的「的」字，刪除一部分可用可不用的「的」字，使其數量控制在最小範圍內。

2. 多用短句，少用長句

有些人習慣寫長句，甚至一個段落幾百字，只有一個句號。一般而言，長句深沉嚴肅，短句熱烈奔放。長句表意嚴密，短句表意靈活。自媒體文章多用短句，少用長句。

讀者一般是在手機閱讀自媒體文章。如果整篇文章都是長句，讀者的閱讀體驗並不太好，長句太多，黑壓壓一片文字，讀起來比較累。另一方面，長句顯得嚴肅沉悶，短句比長句顯得活潑有趣，對於自媒體文章，更適合用短句。在修改時，適當地把一些長句解構為幾句短句。

3. 刪除一些冗餘的詞，讓文章更簡潔

寫文章時，要儘量保持簡潔，有些可用可不用的詞儘量不要用。比如，「進行」這個詞。使用「進行」這個詞加長了句子，卻沒有帶來任何含義的增量。比如，我們準備進行一次考試，其實可以直接說「考試」。每次寫完文章，可以全文檢索「進行」二字，然後全數刪掉。再如，「通過」這個詞也可以刪除。舉個例子，「通過醫生的精心照料，他恢復了健康」，可以直接說，「他在醫生的精心照料下，恢復了健康」。

此外，刪掉一些副詞、形容詞、陳詞濫調，以及口頭禪。讓文章更加簡潔。

4. 單、雙音交替使用

文言文的寫作是單音節詞居多，白話文是雙音節詞偏多。單音節詞和雙音節詞交替使用，可以提升文章的節奏感。比如，轉折的時候經常用「但是」，有些時候，直接用「但」這個詞就可以。比如，有時候，用「聲」一個字就可以代替「的聲音」這三個字。

#常見的病句

修改文章時也要檢查句子是否有語病。以下舉了常見的一些語病，在修改時可以檢查自己的文章是否存在以下七種語病。

1. 成分殘缺

缺少主語、賓語等句子成分。

病句：通過醫生的精心治療，使他很快恢復了健康。

語病：主語殘缺。修改：刪去「通過」或「使」。

正確：醫生的精心治療，使他很快恢復了健康。或者，通過醫生的精心治療，他很快恢復了健康。

病句：全校師生積極開展「獻愛心」。

語病：句子後面缺少「開展」的賓語。修改：可以加上「活動」一詞。

正確：全校師生積極開展「獻愛心」活動。

2. 搭配不當

主謂搭配不當，主賓搭配不當，動賓搭配不當，關聯詞搭配不當等。

病句：他那銳利的眼睛投向了人群。

語病：主謂搭配不當。修改：把「眼睛」改為「目光」。

正確：他那銳利的目光投向了人群。
病句：臨近期末，同學們的學習態度有了明顯的提高。
語病：學習態度不能用提高。修改：改成「端正」或「改進」。
正確：臨近期末，同學們的學習態度有了明顯的改進。

3.重複囉唆

病句：她把這次團隊活動的具體詳情都告訴了大家。
語病：重複囉唆。修改：「具體」與「詳」重複。
正確：她把這次團隊活動的具體內容都告訴了大家。
病句：李大爺老了，頭上的頭髮全白了。
語病：重複囉唆。修改：「頭上的頭髮」重複囉唆，頭髮不就長在頭上嗎？
正確：李大爺老了，頭髮全白了。

4.用詞搭配不當

病句：我忽然感到她是個很智慧的人。
語病：用詞不當。修改：智慧是名詞，誤用為形容詞。
正確：我忽然感到她是個很有智慧的人。

5.詞序不當

病句：數學對我不感興趣。
語病：詞序不當。修改：主體「我」，客體「數學」。

正確：我對數學不感興趣。

病句：各種新發現的流行病，使我們改正並認識了自己不良的衛生習慣。

語病：詞序不當。修改：邏輯上應是先「認識」，再「改正」。

正確：各種新發現的流行病，使我們認識並改正了自己不良的衛生習慣。

6. 否定不當

病句：為了避免今後不發生類似的事故，我們應儘快健全安全制度。

語病：否定不當。修改：「避免不發生」就是「發生」的意思，意思完全相反了。

正確：為了避免今後發生類似的事故，我們應儘快健全安全制度。

7. 前後矛盾

病句：徵文稿件的字數不要超過一千字左右。

語病：前後矛盾。修改：「不要超過」和「左右」前後矛盾。

正確：徵文稿件的字數不要超過一千字。

8.3 跟魯迅學修改文章的技巧

魯迅先生非常重視文章的修改，我們可以向魯迅先生學習他是如何修改文章的。他在給葉紫的信中告訴葉紫，在文章寫成之後，不急於拿出去，「擱它幾天，然後再來複看，刪去若干，改換幾字」。在〈答北斗雜誌社問〉中說：「寫完後至少看兩遍，竭力將可有可無的字、句、段刪去，毫不可惜」。魯迅也非常重視向大作家的手稿學習。

(1) **要「順口」**：魯迅說：「我做完之後，總要看兩遍，自己覺得拗口的，就增刪幾個字，一定要把它讀得順口」、「只有自己懂的或連自己也不懂的生造出來的字句，是不大用的」。文章寫好後，最好的辦法就是靜下心坐下來朗讀，一遍兩遍不行就三遍四遍，從中發現缺陷，邊讀邊改，使之「順口」。

(2) **要「冷卻」**：他在給葉紫的信中提到，在文章寫成之後不急於拿出去，「擱它幾天，然後再來複看，刪去若干，改換幾字」。我們寫文章也應該給文章「冷卻」的時間，可以放一～兩天，等文章冷卻後再來修改。如此，一方面可以更加客觀地評價這篇文章，另一方面，能夠發現更多可以修改的地方。

(3) **要「狠改」**：在〈答北斗雜誌社問〉中，魯迅說：「寫完後至少看兩遍，竭力將可有可無的字、句、段刪去，毫不可惜」、「只要與主題思想無關，就要下狠心刪改，不能『心慈手軟』」。魯迅身體力行著這一主張，直到生命的最後一刻。他生命的最後兩天中所寫的〈因太炎先生而想起的二三事〉一文，僅有兩千六百多字，其中修改的痕跡有五十三處之多。

(4) **要向大作家的手稿學習：**魯迅非常重視向大作家的手稿學習。魯迅在文章〈不應該那麼寫〉中寫道：「應該這麼寫，必須從大作家們完成了的作品去領會。那麼，不應該那麼寫這一面，恐怕最好是從那同一作品的未定稿本去學習了。在這裡，簡直好像藝術家在對我們用實物教授。恰如他指著每一行，直接對我們這樣說──『你看──哪，這是應該刪去的。這要縮短，這要改作，因為不自然了。在這裡，還得加些渲染，使形象更加顯豁些。』」

> **”大作家的手稿非常珍貴，一般很難看到。在作家紀念館裡，有些會陳列作家的手稿，比如，上海的魯迅紀念館裡有陳列魯迅先生的歷史小說《故事新編》的原稿、《毀滅》譯稿手跡、雜文〈勢所必至，理有固然〉手跡等，我們得以一窺作家的手稿。“**

上海魯迅紀念館出版了《上海魯迅研究：魯迅手稿研究專輯》，書中收錄了魯迅的手稿，如果你想向魯迅的手稿學習，可以研讀這本書。

第9章

如何寫出精采的書評

讀後感和書評是常見的一種文體。對於寫作初學者來說，寫讀後感和書評是一個非常好的入門寫作方式。看完一本書，寫一篇讀後感或書評，不僅可以說明自己理解書中的內容，還可以總結自己的閱讀心得，如果寫得好，還可以投稿，賺取稿費，是一舉三得的事情。

讀後感和書評有什麼區別？

讀後感，顧名思義，是讀完這本書之後的感悟、收穫，以及對這本書的評價。內容主要是抒發對這本書的理解。

書評主要是對這本書內容的概述、作者的介紹，以及對這本書的評價。書評客觀概述這本書的內容，少量加入對這本書的理解。相比而言，讀後感更私人，書評更客觀。不管是寫書評還是寫讀後感，我們都需要根據不同的寫作對象，採用不同的寫作方式。

9.1 明確書評的寫作目的

針對不同的寫作對象，文章的寫作方法及使用的語言也不盡相同。

#寫給自己看，自娛自樂

寫給自己看的評論性文章可以儘量抒發自己的真實感受和情緒，你的地盤你做主，你想怎麼表達就怎麼表達，想怎麼抒發自己的情緒就怎麼抒發。

雖然是寫給自己看的，但還是要提高對自己的要求，把它作為一種寫作練習來提高自己的文筆。寫作時，你可以採用「摘抄＋點評」的方式，列出打動你的段落，然後加上你的點評和看法。

#寫給讀者看，有用、有趣、有料、有力

寫給讀者看的評論性文章就要考慮讀者的感受。我個人認為，寫讀後感與寫普通文章並沒有不同，受讀者歡迎的讀後感一般也符合「有用、有趣、有料、有力」這四個標準。你可以根據這四個標準選擇讀後感的寫作風格。

如果選擇的是「有用」，那麼在讀後感寫作過程中，你就儘量從書中總結一些乾貨的要點，並結合自己的實踐來說明這些觀點。比如，我之前寫的《堅持，一種可以養成的習慣》的讀後感〈堅持一

個好習慣五百天，其實很簡單〉，這篇文章是根據書中養成習慣的三個階段，再結合自己在養成每日寫作習慣時的經驗而寫成的。用自己的真實故事結合書中的乾貨方法，就可以寫成一篇「有用」的爆款讀後感。

如果你選擇的是「有趣」，那麼你在讀後感的寫作過程中，就可以選擇一些有趣的、新奇的觀點，再結合自己的故事，寫出一篇有趣的讀後感。

一本書中的觀點很多，我們在寫讀後感的時候，切忌大而全而淺，可以選擇一個小的切入點，選擇一點或幾點打動你的地方評論，能把一個觀點講清楚、講透澈，比講好幾個觀點但每個觀點都講不透要好。

寫作時，需要注意以下兩點。

(1) **趣味性：**寫讀後感和書評時，不要寫得過於枯燥、沉悶，要儘量寫得活潑接地氣一些。不要只是羅列作者的觀點，要舉幾個故事，也可以講講自己讀完這本書的收穫及自己的實踐。

(2) **引起讀者的共鳴：**寫評論性文章時，可以從普通人的日常生活中選取素材，從自己或朋友的生活中選擇素材，這樣容易引起讀者的共鳴。

#寫給媒體發表或者投稿

書評寫得好，還可以給平臺投稿。不同平臺，對於書評的要求也不盡相同。對於紙媒的投稿，一般要求書評要儘量客觀、理性，字數在一千兩百～一千五百字之間，儘量闡述這本書的內容，留給書評人闡述自我觀點的空間比較小。

除了紙媒的投稿，也可以給一些平臺投稿，如一些微信公眾號大號，像十點讀書、有書等。每個平臺的風格不同，投稿時，先要去瞭解各個平臺的風格，有針對性地進行創作。自媒體的書評一般要求文字接地氣，輕鬆、活潑、有趣，因此要根據平臺的特點來調整自己的寫作風格。

根據不同的寫作對象，採取相應的寫作方法和語言風格。寫讀後感或書評與寫其他文章類似，只是在寫作過程中會引用一些書中的內容和觀點。

9.2 如何寫出爆款讀後感

怎麼樣寫出一篇爆款的讀後感。讀後感的寫作與其他文章的寫作類似，不同之處是你在文章中會引用部分作者的觀點。如何寫出一篇爆款讀後感？可以從以下方面著手。

#一、確定寫作主題，選擇寫作角度

一本書有幾百頁，作者在書中闡述的內容很多，寫讀後感時，不要求你把書中的所有內容都囊括，也無法用幾千字的一篇文章把書中所有內容都包含進去。那怎麼辦？弱水三千只取一瓢，選擇一

個主題來寫，根據這個主題來選擇相應的觀點和素材。

舉個例子，我之前寫的村上春樹的《關於跑步，我說的其實是……》的書評，我的寫作主題是「向村上春樹學習寫作」，圍繞這個主題，我從書中選取了村上春樹對於寫作者應該具備哪些資質這部分內容，並結合自己的寫作實踐和觀點來進行闡述。

#二、加入自己的觀點

寫書評的過程中，不要只是闡述作者講了什麼觀點，要加入自己的理解和感悟。不要只是摘抄書中的素材，要結合自己的親身經歷或經驗。這樣的讀後感，讀者讀起來就會有共鳴。如果只是闡述書中的觀點，那讀者直接去閱讀這本書就好了，沒有必要閱讀你寫的讀後感。

#三、要寫得有用、有趣

寫讀後感要儘量寫得有用、有趣，而不是沉悶地摘抄書中的觀點。可以結合書中的觀點舉幾個例子，或者寫自己的故事，增加文章的趣味性。

#四、取有吸引力的標題

不少作者在寫讀後感時文章的標題就直接是〈×××讀後感〉，這樣的標題在自媒體時代是沒有吸引力的。標題對於讀後感的文章也是很重要的，可以根據前面如何取爆款標題的方式來給讀後感取一個有吸引力的標題。不要用書籍的名稱代替讀後感的標題。

我之前寫的一些讀後感的標題，如《優秀的綿羊》的讀後感標題〈為什麼說名校畢業等於零〉，《學會學習》的讀後感標題〈你適合哪種學習方法？16款偉人定制「原創學習法」，總有一款適合你〉，《溝通的藝術》讀後感標題〈真正的溝通高手，都是懂自己的人〉。取一個有吸引力的標題，才能吸引更多讀者來閱讀你的讀後感。

在寫讀後感的時候，需要在文中介紹這本書的書名和作者的基本情況，並用幾句話簡要概括這本書的主要內容，讓讀者對這本書有一個整體瞭解。

這裡舉兩個例子，第一個例子是反面教材，是我剛剛開始寫讀後感時寫的文章，基本不滿足上文講的四個方面。首先，沒有取一個吸引人的標題，而是直接用《斷捨離》這本書名加上讀後感作為文章的標題：〈《斷捨離》讀後感〉。第二，主題不明確，我簡單地講述了自己讀完《斷捨離》的一些感觸，但沒有鮮明的主題。第三，內容比較淺，讀者看完我的讀後感後並不能瞭解《斷捨離》這本書的主要內容。

《斷捨離》讀後感

前幾天用很快的速度看完了《斷捨離》，帶給我對待物品的全新視角。

你對待物品的態度折射出你對待自己的態度。如果你經常用廉價物品，說明你低估自己，覺得自己配不上精緻的物品。收拾東西時要關注你與物品的關係，而非這物品的用途。在整理時要問自己，當下的你是否需要這個物品，而不該想：這物品很實用，我以後可以用來幹嗎幹嗎，從而導致物品越堆越多。

我們的物品中八十%是不常用的，只有二十%是常用的。說明很多物品一年中用不了幾次，卻占用了很多空間。

要關注當下，要購買當下需要的物品，而非以後用得上的物品。收拾東西的時候，那些曾經非常喜愛或充滿回憶但現在已經不用了的東西也要果斷處理掉。

對於不用的物品，如果送給別人要說「請收下」，而不是「我不用了，給你吧」。對於曾經很喜歡但現在需要處理的物品，要說聲「謝謝」；對於買來沒怎麼用一直閒置的物品，處理時要說聲「對不起」。

看完《斷捨離》不能只停留在理論階段，要實踐起來。

先從小臥室的書桌開始吧，書桌上堆得滿滿的，大多是書和筆記本。我丟棄了幾個已經寫完的筆記本，之前一直留著，覺得是見證研究生學習生涯的紀錄。

也發現兩本對我來說沒有幫助的書，而且這兩本書我從未看過。這兩本是某公司活動贈送的技術性書籍，我不做技術，因此用不到。我想，公司的同事肯定有需要的，就拍了書的封面，在朋友圈問是否有人需要。很快就有朋友預定了，尤其是那本電源設計的書，好幾個人要，但只有一本，只好先到先得。

這兩本在我這裡閒置的書，在同事／朋友那裡發揮了用處。我心裡也是很高興的，既沒有了一直將書本閒置的負罪感，又贈人玫瑰，手有餘香。

週末可以抽個時間把家裡物品再用「斷捨離」方法收拾一下，給自己一個整潔溫馨的家。

第二個例子是我寫《成為作家》這本書的讀後感，我個人覺得是寫得還不錯的一篇讀後感。文章的題目是〈關於寫作的各種困惑，答案都在這本書裡〉，這篇文章在簡書有三萬五千以上的閱讀量，兩千兩百個喜歡，四百左右的評論。這篇文章的寫作主題聚焦在寫作過程中遇到的各種困惑，以及《成為作家》的作者針對這些困惑給出的答案，當然這個困惑和答案是我從書中整理出來的。以下是這篇文章的全文。

關於寫作的各種困惑，答案都在這本書裡。

一年前，剛剛開始寫作之際，我有幸看到了《成為作家》這本書，在這本書的指導下，我開始了晨間寫作之旅，持續了四百五十多天。這本書教會我的毫不費勁寫作的方法，我至今還在使用。如果你也想開啟寫作之旅，強烈推薦閱讀這本書。

看完這本書，我覺得它對我最大的價值不是寫作技巧上的貢獻，而是寫作認識方面的貢獻。我們關於寫作的種種困惑都可以在書中找到答案。

〔1〕

什麼人能成為作家？寫作需要天分嗎？作家是可以教會的嗎？

《成為作家》可以為我們解答這些問題。作者首先指出作家天才論的誤區，認為一個人能否進行文學創作，首先不是技巧上的問題，而是認識上的問題。作者認為，寫作確實存在一種神奇的魔力，而且這種魔力可以傳授。諄諄教誨，直面問題本質，帶領讀者踏上一條成為作家之路。

一般的學生或大多數初學寫作者所遇到的困難並不是小說創作技巧所能夠解決的，他需要解決的是我能不能寫的自信心問題。

最近看了《動物方城市》，這部影片最感動我的是兔子茱蒂。不管全世界其他人的嘲笑，一心想成為一名動物員警，而且她也為這個夢想努力著，最終成為一名出色的員警。

這是一部典型的美國夢電影，無論你出身如何，是否富有，只要你有夢想並且堅持下去，你就一定可以成為任何你想要成為的人。

我想對於寫作也是如此。《成為作家》一書的作者在開頭就說了，初學者遇到的困難是能不能寫的自信心問題。我想，如果你想寫，你就可以寫，如果你夢想成為作家，那你為自己的夢想去努力吧。

〔2〕如何毫不費勁地寫作？

《成為作家》一書中作者推薦了一個非常好的方法。朝不費勁的寫作努力，要做到這一點最好的方法是：比你習慣的起床時間早起半小時或一小時。盡可能地早起——不要說話，不要讀報紙，不要抓起你前一天晚上放在身旁的書來讀——立即開始寫作。想到什麼寫什麼：昨夜的夢，如果你還能記得；前天的活動；真實的或虛構的談話；對意識的檢查。將清晨的記憶快速而不加批判地寫下來。你寫得好壞或有用與否並不重要。現在你的基本目的不是寫出不朽的文字，而是寫下任何文字，只要不是一派胡言就行。

第二天早上重新開始，不要重讀你已經寫下來的東西。記住：一定要在你沒有進行任何閱讀之前寫作。這一規定的目的你以後會清楚，現在你所需要的只是做這樣的練習。使你的「產量」提高一倍。一兩天之後你會發現你可以輕而易舉、毫不費勁地寫到一定字數。再過一段時間，在你停止早上的寫作之前，想辦法多寫一倍。在整個寫作生涯中，不論何時，只要你面臨才思枯竭的危險（即使才思最敏捷的作家也會時不時遭遇這樣的危險），記住把鉛筆盒、紙張放在你床邊的桌子上，早上醒來就開始寫作。

在過去四百五十多天的寫作之旅中，我一直使用這個方法。每天早上起床，簡單洗漱之後就坐在書桌前寫作。在寫作之前，不閱讀任何文字。很多人可能起床第一件事是打開手機，看訊息，或者閱讀一些資訊，但我在寫作之前，什麼文字都不閱讀，直接開始寫。

這樣做有三個好處：第一，早上的時間很緊張，一旦你打開手機，或者閱讀文章，時間就不知不覺溜走了。第二，早晨起床時，與潛意識是最近的，而且大腦也是鮮活的，這個時候寫往往可以寫得很流暢。第三，早晨更容易集中注意力。村上春樹講到小說家或者寫作者應該具備的三個資質，除了才華，第二個就是集中注意力。我自己是晨起型人，在早晨很容易集中注意力，到了晚上，忙了一天工作，比較疲憊，往往注意力沒有那麼容易集中，寫作的效率也比較低。

〔3〕如何修改作品？

《成為作家》一書中，作者的建議是：放一段時間再修改。當你正處於訓練自己寫作技巧的階段時，你對自己的寫作挑剔得越少越好——即使是草草地檢查一遍也要少看為妙。

在修改的時候發現自己的天賦。「這些習作中不斷反復出現的想法和經常使用的敘事形式會給你提供線索。它們會顯示出你獨具的天賦表現在哪裡，你是否會最終決定專攻哪個方向。給老師的一個提醒：在班上逐一舉著學生的作品讓其他同學來批評是個非常有害的、徹頭徹尾的錯誤做法。」

我一般寫完一篇文章，先放幾天，再來修改。寫作的時候，就暫且不要管寫得好不好，先勇敢地寫下來，想到什麼寫什麼，反正後面會再修改。寫完之後，把文章放一段時間再修改。為什麼要放一段時間再修改呢？因為剛寫完，總是會覺得自己的文字很爛，沒有勇氣再讀下去了，放一段時間，大腦裡對文字的記憶消失了，反而能夠客觀地看待文章。

在剛開始寫作的時候，可以先不要急著把自己的文章發布出來，當看到閱讀量少時，難免會打擊繼續寫作的積極性。可以先持續寫作一段時間，有了一定的積累，再發布自己的文章。我從零開始寫作，寫了兩百多天，才慢慢發布自己寫的文字。

〔4〕如何寫出好作品？

《成為作家》的作者說：「一部作品寫出來多好取決於你和你的生活：你有多麼敏感、多麼有辨別能力，你的經驗能夠多麼貼近讀者的經歷，自己多麼透澈地領悟了好作品的要素，以及你的節奏感有多好。但是不管有無局限，你會發現，如果你做完這些練習，你就能夠按照這個方法寫出一篇整體統一的作品。毫無疑問，它會有瑕疵，但你能夠客觀地看待它，並且會繼續修正這些瑕疵。」

參加「二十一天愛上寫作訓練營」的小夥伴們常常會問我這個問題。其實，這個問題只能由你自己來回答，因為你的作品的好壞取決於你和你的生活。其實，這個「你」字有無限想像力，你的學習能力、你的想像力、你的敏感度、你的總結能力、你的思考力等都會體現在你的作品上。我常常覺得一個人的思考能力比寫作技巧對於作品的好壞更加重要，尤其是這個時代，寫非虛構類文章的人越來越多。

你這個人及你的生活決定了你的作品能夠寫得多好。

9.3 如何寫出爆款書評

學會寫書評不僅可以讓自己吃透一本書，提升寫作水準，還能賺取稿費。現在各大平臺都在尋找書評人。

約稿的書評一般分為三類。

第一類，一千五百字左右的書評。用一篇一千五百字左右的書評簡單介紹這本書的作者，概括介紹這本書的核心觀點，以及對這本書的評價。這類書評可以投稿到紙媒雜誌發表，也可以投稿到自媒體平臺。

第二類，六千～八千字的講書稿。把一本書的精華用自己的話來闡述，然後用語音的方式錄製說書音檔，一般發布在一些音訊平臺，讓讀者在二十～三十分鐘內聽完這本書的精華內容。比如，得到App的「每天聽本書」欄目、有書的「三六五聽書」欄目，喜馬拉雅的「讀書會」欄目等。

> “一篇講書稿需要六千～八千字，錄製成二十～三十分鐘的音訊。講書稿的要求是比較高的，作者不僅要有把書讀薄的能力，還要把書中的精華內容用自己的話來闡述，用通俗易懂的語言講述給讀者，讓沒有讀過這本書的讀者能夠在二十～三十分鐘的時間掌握這本書的核心內容。當然，講書稿的稿費也是比較豐厚的。”

第三類，拆書領讀。拆書領讀的方式是把一本書拆解成七～十篇文章，每篇文章一千五百～兩千五百字，每篇文章講述書中的一個章節或者一個核心觀點。

有不少平臺或公眾號大號在做拆書領讀的活動。比如，有書、慈懷讀書、熊貓書院、晚安書院等。不管是講書稿還是拆書領讀的形式，都是將一本書的內容講述給沒有讀過這本書的讀者，讓他們通過閱讀你的拆書文章或者講書音檔，掌握這本書的核心內容。

#寫作精采書評的步驟

雖然每個約稿平臺的要求和風格稍有不同，但書評文章總體而言是圍繞以下這種寫作方式展開的。

1. 開頭引入主題

書評和講書稿的開頭同樣是非常重要的，要在開頭就引起讀者的閱讀興趣，並且引入這本書的主題。開頭引入主題可以用講述故事的方式，或者親身經歷來吸引讀者的興趣，引入書籍的主題。也可以用提問的方式，引發讀者思考，引入主題。引入主題可以採用以下幾種方式：故事法、案例法、親身經歷、提問法、數據、名人名言等。可以參考第六章中〈精采開頭的八大寫作手法〉。

2. 概括全書精華

引入主題後，用一兩段話概括這本書的核心內容，這本書主要講了什麼內容，核心觀點是什麼。概括全書精華是為了讓讀者對這本書有一個整體瞭解，為後續詳細介紹本書的核心觀點埋下伏筆。

3. 作者概況簡介

接著，用幾句話或者一段話簡單介紹作者的概況，如作者是誰、在專業領域有什麼建樹、作者的經歷等。還可以介紹一下這本書在豆瓣的評分，以及讀者對這本書的評價。通過介紹作者概況，讓讀者瞭解這本書的作者及其專業能力。

4. 重點介紹書中的三個核心觀點或方法

一本書至少有十幾萬字，在寫書評或講書稿的時候很難面面俱到，不可能把整本書的所有觀點都呈現在文章裡。由於篇幅限制，寫作時重點闡述三個核心觀點或方法。如果是寫拆書領讀的文章，則重點闡述這個章節裡的三個核心觀點。

這部分是書稿的重點，提煉出的三個核心觀點一定要講清楚。每個觀點要展開闡述，要把觀點講透，切忌貪多求全。在講述觀點時可以舉一些例子。在總結方法時可以具體講述如何使用這些方法。

每講述完一個觀點，可以做一個簡單總結，然後再開始講述第二個觀點。通過你的講述讓沒有讀過這本書的讀者掌握這三個核心觀點，並且能夠將書中介紹的方法運用於自己的實際生活中。

5. 簡單講述自己的感悟和收穫

講完書中的三個核心觀點之後，可以簡單講述自己的收穫和感悟，以及對這本書的評價，但這部分內容篇幅不宜過多。

6. 結尾處對文章做一個總結和概述

在結尾部分對文章做一個簡短的總結和概述。今天分享的是哪本書，重點講述了哪三個核心觀點等。

7. 取一個有吸引力的標題

文章寫完之後取一個有吸引力的標題。關於如何取標題，可以閱讀第五章〈寫出爆款標題的十種方法〉，在這裡就不贅述了。

以上是寫作一篇書評或講書稿的七個步驟。在寫作過程中可以參照這七個步驟來構思全文。

#寫出精采書評的要點

接下來，再分享寫出精采書評的幾個要點。

1. 真正把書讀透

不管是寫書評還是寫講書稿，重點是你的閱讀能力和理解能力。如果你自己都沒有讀懂一本書，是很難把這本書講給讀者聽的。把書讀透的方式是把這本書多讀幾遍，一邊閱讀一邊標記一邊思考。

第一遍通讀全書，瞭解這本書的整體框架及主要內容，找出核心觀點。第二遍重點閱讀核心部分，把精華部分吃透，搞懂書中提到的每一個概念。第三遍闔上書，簡單複述，看自己是否能夠複述出書中的核心觀點。

2.用思維導圖規劃寫作要點

一篇講書稿一般要六千多字，在真正動筆寫之前可以先用思維導圖規劃寫作要點。思維導圖要寫得比較詳細，比如，用什麼例子來破題，有哪幾個核心要點，每個要點用什麼案例來論證等。寫完思維導圖，先跟書評編輯核對思維導圖，根據對方的建議修改，直到思維導圖完全符合對方的要求。思維導圖敲定了，這篇書評的總體結構和素材案例基本就沒什麼問題了，接下來就是用文字來講述。

3.根據思維導圖，寫作書評初稿

思維導圖確定之後，文章的整體框架就確定好了，接下來就是根據思維導圖填充文章的內容及豐富細節。寫作時，先快速寫出初稿，寫完初稿再修改。很多講書稿最後是用朗讀的方式講述給讀者聽的，因此，講書稿的語言儘量採用口語化的形式寫作，要通俗易懂。

4.反復修改，定稿後朗讀一遍

初稿寫完之後，要多修改幾遍，把講得不夠清楚的部分論證清楚，把不相關的內容刪掉，把不通順的地方修改通順。具體的修改建議可以參考第八章。定稿之後，自己先朗讀一遍，看行文是否通順易懂，是否拗口，把不夠順口的地方修改一下。

以上是寫出精采書評的步驟和要點。舉一篇我之前寫的講書稿作為例子，這篇文章在講書稿中屬於字數比較少的，因為平臺要求在三千五百字左右。另外，因為這篇講書稿是我自己解讀自己的作品，因此省略了作者簡介部分。

《時間的格局：讓每一分鐘為未來增值》

弘丹

你好，這裡是×××，我是《時間的格局：讓每一分鐘為未來增值》的作者弘丹。今天，我要為你解讀的是我的新書《時間的格局》，本書大概十五萬字，在接下來的十五分鐘裡，我會講給你聽如何管理好自己的時間，成為高效能的行動派，並走出知識焦慮。

最近我發現一個奇怪的現象，越是熱愛學習的人，反而越焦慮。在碎片化時代，很多人都會陷入學習焦慮的怪圈。曾經，我也陷入學習焦慮的困境，買書、囤課、追人，每天過得又忙碌又焦慮。到底該如何走出知識焦慮，將所學的知識真正實踐起來？

這就是《時間的格局》這本書所想要解決的問題。這本書從重構思維、投資時間、高效行動這三個步驟帶領你走出學習焦慮。第一步，重構思維，走出自身思維的局限。第二步，投資時間，讓每一分鐘為未來增值。第三步，成為高效行動者，唯有行動才能改變自己。

下面詳細介紹這三個步驟。

第一步，重構學習思維。

有些人雖然買了很多書，聽了很多課，參加了很多活動，進步卻微乎其微。通過觀察，我發現這些人是用「紅燈思維」在學習。紅燈思維是指遇到與自己不一致的觀點，第一反應是：找理由反駁。比如，別人提出新建議、新方法，他沒有實踐就直接反駁「你不瞭解情況」、「這根本不可行」，或者還沒有等對方說完，就開始搶話：「你先聽我說。」

這樣的場景相信我們經常遇到。用「紅燈思維」來學習的人一般只接受自己認可的觀點，遇到自己不認可或不熟悉的觀點立刻就跳起來反對，並拒絕接受。如果是這樣的學習方式，即使學再多，也只是鞏固了自己的舊知，新的知識和觀點並沒有進入自己的知識體系。

為什麼會產生「紅燈思維」？原因之一是我們與生俱來的習慣性防衛心理。這是人類進化過程中發展出的一種自我保護機制。當我們遇到與過去認知不一致的新觀點時，就會觸發我們的習慣性防衛。

為了減小習慣性防衛帶來的不利影響，我們需要建立綠燈思維。

什麼是「綠燈思維」？綠燈思維是指，遇到新觀點或不同意見時，第一反應是：這個方法一定有用，我應該怎麼運用在自己身上？建立綠燈思維，需要你用一種開放和積極的心態去聆聽。不帶有任何偏見或先入為主的成見來學習，帶著一種開放的學習態度，對新資訊保持敏感和興奮，不僅要仔細聆聽對方的講話內容，還要努力激發出自己的想像力，同時思考著「我該如何應用這些知識」。這就是用綠燈思維來學習的方法。

如果你一直用「紅燈思維」來學習，即使聽再多課，看再多書，你的習慣性防衛直接把這些新觀點、新知識擋在了外面。你不相信，更不會去實踐，那些知識對你而言不會發生任何作用。因此，看了這麼多書，聽了這麼多講座，還是老樣子，變化微乎其微。要提升學習效能，第一步就是要覺察自己的習慣性防衛。最可怕的就是你有「習慣性防衛」而不自知。

當你使用綠燈思維來學習時，你不僅能夠把自己聽到的內容或接觸過的知識聯繫起來，還會充分發揮自己的想像力，找出一些新的方法來應用和實踐所學到的知識。

如果想要獲得成長，要先從底層打通自己的學習心態，從「紅燈思維」升級為「綠燈思維」，這其實就相當於學習思維的重構。

建立「緣燈思維」之後，你才會用開放的心態來看新的知識和資訊，才會用新知來指導自己的實踐，這樣的學習才是高效能的。

重構學習思維之後，第二步就是要學會投資和管理時間，讓每一分鐘為未來增值。

做任何事情，都是需要耗費時間的。但時間是不可再生資源，每天二十四小時，過完就沒有了。要用投資的眼光來看待時間，要讓每一分鐘為未來增值。

時間投資法第一步：記錄時間。

感知時間的第一步就是要搞清楚自己的時間都用來做了些什麼事。如果你不知道自己的時間是怎麼消耗的，你也就無法進行自我管理。

我用印象筆記來記錄每天的時間。在印象筆記中，我有一個命名為「To Do List」的資料夾，裡面記錄了我每天做了什麼事，花了多長時間做這件事。這個習慣已經持續了五年。記錄的方式是參照《奇特的一生》中柳比歇夫的時間統計法。

如果你現在問我，兩年前的今天我做了什麼事，我只要花三十秒在印象筆記中搜索找到當天的記錄，立刻可以告訴你我做了什麼事，每件事花了多長時間。

時間管理不僅僅是記錄時間那麼簡單，也不僅僅是合理利用每一分每一秒的時間，而是要直面困難，如果你一直逃避困難，即使你每天都很忙，時間安排得滿滿當當，成長也是有限的。

真正的時間管理高手不僅敢於直面困難，而且在一天先開始的時候就把困難的事情做完。一般人做事情總是先做簡單的事情，再做困難的事情。用這樣的順序，我們會發現大部分時間都用於處理簡單的事情，而開始處理困難的事情時就沒有時間了。我們要學習《時間管理：先吃掉那隻青蛙》中提出的方法，每天先吃三隻青蛙，先把最難啃、最困難的事情做完。

因此，我每天用印象筆記進行每日三件事打卡，每天先完成最重要的三件事，先把困難的事情做完，再做簡單的事情。

時間投資法第二步：預留整塊的時間。

成為高效率的人的祕訣就是善於集中精力，把重要的事情放在前面做，一次只做好一件事。而且，越是重要的事情，越需要「整塊的時間」。

在碎片化時代，很多人在想如何提高碎片化時間的利用率。其實，我們該思考的是如何防止自己的時間碎片化，而且要想方設法保衛整塊時間，並把碎片化的時間集中起來變成整塊的時間。這是提高時間利用率的最好方法。就像管理大師彼得·杜拉克曾說：「當你只有碎片化的時間時就相當於沒有時間。」

集中整塊時間會大幅提升時間的利用效率。如果你一邊看書一邊滑手機，你會發現，過了半小時，書還沒有看幾頁。如果你關閉手機，集中注意力閱讀，一本書用三四個小時就能看完。寫作時，一邊逛網頁，結果過了一兩個小時，文章還沒有寫完。如果寫作時保持斷網，集中注意力寫，一個小時差不多可以寫完一篇兩千字的初稿。

另外，適當保持離線也是有必要的。移動網路時代，有些人幾乎每天二十四小時隨時保持線上，從而每天有大量的碎片化資訊湧入大腦，會讓我們的大腦一直處在資訊處理的狀態，沒有時間深入思考。

生活中，重要的決策都是需要深入思考才能做出的，因此我們有必要每天保持一定的離線時間，暫時離開手機和網路，這不僅可以讓我們變得更加高效，也可以讓我們有時間深入思考，做出更好的決策。

時間投資法第三步：一百小時定律。

說到一百小時定律，很多人應該會想到一萬小時定律。一萬小時的刻意練習對於普通人來說很難做到。如果把時間維度縮小，把一萬小時縮成一百小時，就容易了很多。

很多人說自己喜歡做什麼事，但只是嘴巴上說一說，很少真正去實踐。如果你對某件事感興趣，可以先花一百小時去學習，說不定能夠培養興趣，並且能夠初步入門，而不是僅僅停留在口頭上的喜歡。

在某一件事上投入一百小時，你就能從門外漢達到初級水準，而且你已經把大部分的人甩在後面，因為現代社會很多人根本就不願意行動。

掌控時間者掌握人生。時間分配決定了我們的人生。我們應該認真思考一下，自己的時間和資源該怎麼分配，這會決定你人生的走向。

《時間的格局》隨書贈送每日日課打卡卡片，就像《了凡四訓》裡講的：「從前種種，譬如昨日死。今後種種，譬如今日生。」

你怎樣過一天，你就怎樣過一生。投資好每一天的二十四小時，也就是在投資人生。

學會了高效管理時間，第三步就是提升自己的行動力，成為高效的行動者。

很多人之所以會焦慮，其實就是想得太多，實踐得太少。書看了很多，但從來不去踐行，課也聽了不少，但從來不去練習。

唯有夢想值得讓你焦慮，唯有行動才能解除焦慮。任何改變，最後都需要行動來實現。而真正的學習也是發生在行動之後。高效的行動是改變自己的核心力量。很多人知道自己想要做什麼，也願意投入時間，但就是一直拖延。

怎樣從拖延症轉變為高效行動者？給大家介紹一個行動力公式POA，是這個公式將我從重度拖延症改變成行動達人。POA是Power of Action的縮寫。

這個公式其實很簡單：行動力=（P×A）/O=（夥伴×方法）/目標。

$$\text{行動力（Power of Action）} = \frac{\text{夥伴（Partner）} \times \text{方法／手段／行動（Acceleration）}}{\text{目標（Objective）}}$$

你的目標越聚焦，認同你的夥伴越多，你的行動就越高效，行動力就會越強。

POA行動力公式可以幫助你走出越學越焦慮的狀態。很多人就是目標太多，太不聚焦，因此行動力很弱。比如，你同時在學習寫作、英語、思維導圖、手繪、PPT這五項，相當於有五個目標，而我所有的業餘活動都聚焦在磨煉寫作這一個目標上，因此我的行動力可能是你的五倍。我經過幾年出版了一本書，而你同樣努力卻沒什麼收穫。這個世界只有少數人能夠做到志存高遠，心無旁騖，他們不妄圖達成多個目標，懂得對生活中其他機會說不，最終取得了巨大的成就。

這個公式還告訴我們，邁出第一步很重要。很多時候，我們做事拖延，不是做事的過程拖延，而是拖延著不開始做事情。當你不邁出第一步時你的行動力永遠是零。正是源於POA行動力公式，我開啟了每日寫作之旅，至今已經有一千多天了，也因此出版了第一本書——《時間的格局》，簽約的第二本書也已經完成初稿。

《時間的格局》隨書附贈POA行動力公式，助力你成為高效能的行動派。也許，你與夢想之間只差一個公式的距離。

今天跟大家簡要介紹書中的三個核心理念：重構思維、投資時間、高效行動。如果你想瞭解更多內容，可以購買《時間的格局》一書。這三個核心理念運用在職場，可以帶你突圍職場，快速走出職場的迷惘期；運用於生活，可以帶你走出當前的困境，活出不可思議的人生。書中還有十二個追夢故事，八十二篇乾貨文章，用案例引發思考，用方法指導行動，用行動改變自己的生活，成為知識焦慮時代的清醒者和高效行動者。

願每一個閱讀此書的你，都能即刻行動起來，實現自己的夢想，成為自己喜歡的樣子。

好了，今天的這本《時間的格局》就為你解讀到這裡，如果你還想深入瞭解，歡迎購買我的新書。這是×××為你解讀的第×××本好書，我是主播×××。希望這本書對你有所啟發。願，美好生活掌握在你我手中。我們下期，再見。

我們詳細拆解下這篇講書稿。

第一，開頭結尾固定話術。關於講書稿的開頭和結尾，每個平臺有固定的話術。比如，這篇文章的開頭話術是這樣的：你好，這裡是×××，我是《時間的格局：讓每一分鐘為未來增值》的作者弘丹。（如果你既是講書稿的作者，也是講書稿的朗讀者，就直接說，你好，這裡是×××，我是

×××，今天由我來給大家解讀《時間的格局》這本書）。結尾也是平臺的固定話術，只要按照範本來寫就可以。

第二，開頭用一句話概括這本書的核心觀點。《時間的格局》的核心觀點是：如何管理好自己的時間，成為高效能的行動派，並走出知識焦慮。

第三，用提問的方式來破題。首先描繪了一個引人深思的現象：就是越熱愛學習，反而越焦慮，陷入學習焦慮的怪圈，進而用自己的親身經歷來闡述，自己也曾經歷過這樣的階段，但現在已經走出了知識焦慮。接著，提出了一個問題：如何走出知識焦慮，將所學的知識真正實踐起來？由此引入這本書的主題。

第四，引入主題之後，用一段話介紹書中的核心觀點。《時間的格局》從重構思維、投資時間、高效行動三個維度帶領你走出學習焦慮。

第五，接著可以介紹下這本書作者的基本情況。因為這本書是我自己解讀的，因此省略了介紹作者的部分。

第六，詳細介紹這本書的三個核心方法。這部分內容是講書稿的核心，要用自己的話來講述書中的核心方法。

《時間的格局》的核心方法的第一步是重構思維。在這部分，詳細分析了紅燈思維和綠燈思維、產生紅燈思維的原因，以及如何建立綠燈思維。在講述第一步的知識點時使用了對比的方法，通過對比紅燈思維和綠燈思維的不同表現形式，讓讀者去覺察自己是紅燈思維還是綠燈思維。

第二步是時間投資法，講述了時間投資的三步法。這一部分舉了我自己的例子來講述是如何記錄時間的，如何將碎片化的時間整合成整塊時間，以及如何實踐一百小時定律。在講述過程中，延伸到《時間管理：先吃掉那隻青蛙》和《奇特的一生》等書籍的觀點，用來豐富自己的例證。

第三步是高效行動，介紹了ＰＯＡ行動力公式，以及如何使用ＰＯＡ行動力公式來提高自己的行動力。這裡使用案例法及正反對比法來突出ＰＯＡ行動力的作用。

第七，用一段話總結講書稿的內容，回顧這本書的核心方法。講完三個核心的方法之後需要做一個簡單回顧，再次加深讀者的印象。

最後呼籲讀者讀完本書或者聽完講書稿後真正行動起來，並給予美好的希望。

這篇講書稿基本遵循了剛才介紹的講書稿寫作七步法，在講述核心要點時，採用案例法和正反對比的方式來論證。講書稿的語言通俗易懂，讀者在上下班路上聽音訊就能掌握核心方法。

第10章

如何蒐集素材

蒐集整理素材的能力是寫作者的基本能力之一。巧婦難為無米之炊，如果沒有素材，寫作者是無法持續寫作的。

生活中的經歷如果不加以記錄、分辨、整理，那麼這些經歷也並不一定會成為文章的素材。素材是指寫作者在創作前從生活中積累起來尚未經過取捨、加工、提煉的原始材料，具有零散性、片段性等特點，有待作者進一步加工。素材是文章的「血肉」，沒有素材，就沒有寫作。

寫文章時，只有素材足夠詳實，對讀者來說，才是有意義的。對作者而言，素材積累足夠多，才能產生關聯，觸發靈感。一個有一百MB素材積累和一百GB素材積累的作者，寫作的豐富程度是不同的。本章主要講如何蒐集和整理素材，以及如何建立自己的素材庫。

10.1 如何蒐集素材

作為一名寫作者，要蒐集哪些素材？我把素材分為兩類，第一類是第一手素材，如生活中的素材。第二類是間接的素材，如書籍、資料、電影、電視劇中得來的素材。

#提高素材蒐集效率的底層心態

1. 開放的心態

為什麼同樣的事情對其他寫作者來說是素材，而你卻視而不見？因為不同寫作者的關注點是不同的。想要蒐集更多素材，要有開放的心態和敏感的心。打開你的關注點。真正關心身邊的人，關注他們的衣食住行和想法。

比如，一直特立獨行的貓寫的文章〈一個小地方出來的中專女生，現在一年賺一百多萬啊！〉，文章中講的三個故事都是作者閒聊時得來的。三個故事的主人公分別是安裝升降架的師傅、4S店的保安、中專畢業的農村女孩。生活中，你也會遇到這樣的人，也許你根本就沒想著與他們溝通。比如，家裡來了安裝師傅，你會主動跟他聊天、挖掘他背後的故事嗎？

生活中每個人都有自己的故事，但他們不會跟每個人講自己的故事，看你是否能夠挖掘出他們的故事。

有時候可以主動與陌生人聊天。比如，我有時下班回家會搭乘地鐵口的摩的[11]。我跟載我的阿姨聊天。阿姨聊起她開摩的是想在下班後賺點外快。白天在醫院的食堂工作，下班後在地鐵口載小白領們回家，每次五塊錢。她的兩個孩子都在上學，大兒子在上大學，小兒子上高中。兩個兒子每年的花費要五六萬人民幣（約新臺幣二十到二十五萬），她是因為經濟壓力大，才出來兼職拉客的。

如果你不去主動與她攀談，她只是開摩的的阿姨，你只有真正與她交流了，她才與你發生了關聯，而你也蒐集到了第一手素材。

平時要細心，對生活中各種各樣的事物都要精微細緻地觀察和認識，並且主動與生活中遇到的人交流攀談，主動去挖掘身邊人的故事，這些都是第一手素材，是非常珍貴的。

2. 用吸星大法蒐集素材

有一個非常有趣的現象：當你自己成為孕婦，你會發現大街上突然之間多了好多孕婦。當你自己開著藍色的跑車，突然之間路上出現好多藍色跑車。

人會選擇性關注。雖然這些事物都呈現在你的眼前，但你不一定看見，只有特地去關注時才會看到。比如，當自己成為一名孕婦，你對孕婦這個人群就會特別敏感，然後突然發現原來有那麼多孕婦。其實，那些孕婦本來就存在，只是你平常不關注，也就看不到他們。就像那些素材本身就在那裡，只是你的眼睛看不到。因此，蒐集素材時我們要擴大自己的關注點，這些素材才會進入你的視野。

我也發現一個特別有趣的現象，當我意識到要寫某個主題的文章時，相關素材就會自動出現，當

11 以摩托車改裝而成的計程車。

我在想什麼話題時，也會在不同的地方找到相關討論。

這種現象也可以稱為「雞尾酒會效應」。雞尾酒會效應（Cocktail Party Effect）是指人的一種聽力選擇能力，在這種情況下，注意力集中在某一個人的談話之中，而忽略背景中其他的對話或雜訊。該效應揭示了人類聽覺系統中令人驚奇的能力，使我們可以在雜訊中談話。這是柯林・柴瑞（Colin Cherry）於一九五三年第一次注意到並命名的。

雞尾酒會效應說明「對特定資訊的注意」會使我們擁有神奇的能力，哪怕在非常嘈雜的「雜訊」中也能一下子挑出我們所需要「關注的」資訊。

心理學中把注意分為無意注意和有意注意。無意注意是指沒有預定目的、不需要意志努力、不由自主地對一定事物產生的注意。比如，上課時，你正在認真聽講，突然教室的門被打開了，你不由自主地看了一眼，這就是無意注意。有意注意是指有目的的、需要一定意志努力的注意，是人所特有的一種心理現象。

> “在蒐集素材時，要盡量發揮有意注意。讓自己有意識地關注某些訊息。給自己多列一些關注的領域，當在生活中出現相關的素材時，有意注意就會蒐集這些素材。比如，我比較關注寫作技能這個領域，當有相關的素材出現時，我的有意注意就能夠蒐集到這些素材。”

生活中，有一類人涉獵非常廣泛，因此能夠旁徵博引。有時候，正是因為他們涉獵廣泛，所以各個領域的素材都能夠進入他們的視野，素材多了還能融會貫通，一不小心就達到了旁徵博引的程度了。

蒐集素材時要貪心，盡可能多地蒐集素材。就像吸星大法一樣，把身邊的素材都吸到自己的素材庫裡。

3.用寫一本書的方式來蒐集素材

用寫書的方式來寫文章。在本書創作過程中，大部分靈感和素材是在寫書過程中產生的。我列出了提綱，相當於給大腦一個個有意識關注的點，大腦會自動搜索相關素材，竟然發現生活中隨時都能找到相關的素材。

比如，我在聽《冬吳相對論》的音訊時，梁冬和吳伯凡在聊賈伯斯的蘋果禪。我突然意識到那十二條有一些我在無意中使用，但是自己沒有意識到。因此，我結合自己的經歷將這部分內容加入了本書第十二章，斜槓青年寫作時間和精力管理部分。

即使你目前沒有寫書的打算也可以用這種方式。這也可以反向推動你深入研究某個領域，而不是今天寫這個話題，明天寫另一個話題，好像什麼話題都能寫，卻什麼話題都不夠深入。

比如，「二十一天愛上寫作訓練營」中有一位學員是茶藝師，有自己的茶館。她就可以設想，如果自己要寫一本關於品茶的書，應該寫哪些方面？拿出一張Ａ４紙，把自己能夠想到的要點全部寫下來，然後分類重組，按照一本書目錄的樣子寫出自己的目錄。這時目錄裡的每個小章節都是一個習作，而且在平時生活中也會主動去尋找寫作素材。

#如何蒐集生活中的素材

生活是寫作源源不斷的素材庫。藝術源於生活，又高於生活。

一定要從生活中獲取第一手資料。寫作時常陷入一個誤區，花大量的時間閱讀，希望用閱讀提升寫作能力。閱讀一定程度可以提升寫作能力，但我們也不能忽視生活。閱讀，終究只是二手資料，不能代替一手資料的體驗。體驗是獨一無二的，是你與他人不同的地方。閱讀獲得的資料很容易與他人重複。

我們常常認為自己的生活枯燥、單調、乏味，沒什麼可寫的素材。其實，即使是生活中的小事，如果你有一雙善於觀察的眼睛，也能寫出另一番滋味來。

以我之前的文章〈不要再給我送書了，我討厭看書〉為例。這篇文章是因為一件很小的事情引發的思考而寫成的文章。公司舉辦了生日會，有交換禮物的活動，我帶了一本書去交換，被冷落，由此引發的思考。我發布了這篇文章後在簡書引起了熱烈的討論，文章也被簡書公眾號轉載。因為這個問題也許有些人遇到過，也許有些人說自己很愛書，最喜歡別人送自己書作為禮物。

生活中如何選材？困擾自己的、引發自己思考的、有趣的事情、工作中的總結和反思都可以成為寫作素材。關鍵是思考，不單單是描述一件事，而是這件事引發了自己什麼思考，或者引發了自己什麼情感。思考結合情感是寫作的核心。

選材切入點很重要。每個事情，可以從很多角度來寫，選擇什麼角度來寫也是一種技能。你越瞭解自己，越瞭解讀者，你對於選擇切入點也會更加得心應手。

很多人會說，寫著寫著把自己掏空了，沒有寫作靈感怎麼辦？其實，這是因為把之前積累的寫作素材都寫完了。你需要重新積累寫作素材。

如何蒐集素材，我用以下三個簡單的方法。

1. 靈感清單，隨時記錄靈感

很多人會等待靈感降臨再開始寫作。其實，靈感並不是多麼神祕的東西。很多靈感產生於寫作過程中。李笑來認為：「只有創作過程中生成的靈感才是有價值的。」對此，我深有同感，我寫的很多文章最開始只是有一點小感悟，當你開始寫時你會聯想到很多，會寫出之前完全沒有想到的文字。

平時要做一個有心人，要關注生活，熱愛生活，把觀察到的、聽到的、有感觸的隨時記下來。任何觸動到自己的都可以記錄。比如，有趣的事情、別人的故事、聽到的笑話、自己遇到的問題、情緒的波動、看到的現象、發生的熱點事件等。

我用印象筆記記錄靈感，至今寫了三千多條筆記。想到什麼，就會先寫下來。舉個例子：二〇一七年七夕那天，我遇到一位非常有意思的朋友，回家路上一邊走一邊在印象筆記上記錄，結果鞋底一滑，踩到了狗屎。

2. 提升觀察能力，充分發揮外感官和內感官的作用

生活是寫作素材最重要的來源，要從生活中獲得素材，就需要提升自己的觀察力和感受力。

> 「所謂觀察力，就是通過人的眼睛、耳朵、鼻子、舌頭等感覺器官來獲得直接經驗的有意識的思維行動。人的外感官有聽覺、視覺、嗅覺、味覺、觸覺。內感官有痛覺、溫冷覺、運動覺等。」

一位朋友味覺非常靈敏，當她喝依雲礦泉水時，可以感受純淨清冽，彷彿置身於阿爾卑斯雪山，

因為她曾在阿爾卑斯雪山喝過那裡的水，就是那種清冽的味道。當她喝斐濟的水時，可以感受到南太平洋的鳥語花香，熱情洋溢。我第一次感受到原來水與水之間有如此大的不同，居然有人可以分辨出不同地方水的味道。

寫作要靠細節打動人，所以要充分發揮自己的感官功能，讓自己的感官變得更加靈敏。比如，同樣是去餐廳吃飯，作家可以寫出品味美食時獨特的個人感受，可以寫得很細膩，讓讀者身臨其境。如果沒有敏銳的感知力，怎麼讓讀者身臨其境呢？看完一本書，只會說：「這本書好棒，收穫好大。」出去旅行，看到風景如畫，只會感歎一句：「風景好美。」這樣的文字是空洞乏味的。

張愛玲的〈道路以目〉中的一段話：「小飯鋪常常在門口煮南瓜，味道雖不見得好，那熱氣騰騰的瓜氣與『照眼明』的紅色卻予人一種『暖老溫貧』的感覺。」在這一段話中，張愛玲調動了視覺、味覺、觸覺、溫冷覺這四種感官來觀察小飯鋪。

網上流傳甚廣的一段話：「你寫PPT時，阿拉斯加的鱈魚正躍出水面，你看報表時，梅裡雪山的金絲猴剛好爬上樹尖。你擠進地鐵時，西藏的山鷹一直盤旋雲端，你在會議中吵架時，尼泊爾的背包客一起端起酒杯坐在火堆旁。有一些穿高跟鞋走不到的路，有一些噴著香水聞不到的空氣，有一些在寫字樓裡永遠遇不見的人。」這段話之所以流傳甚廣，而且打動了廣大網友們的心，原因之一是這段文字運用了非常豐富的視覺，將畫面描繪得非常動人，這就是觀察力的作用。

想要提升自己的觀察力，要先學會熱愛生活，關注生活，探索生活，真正地紮根於生活。像楊絳先生在《我們仨》中有寫到一家三口去飯館吃飯，在等待上菜的過程中，錢鐘書先生和女兒錢瑗一直在觀察其他飯桌上吃客的言談舉止，並且像看戲一樣很是著迷。這就是紮根於生活的樣子，對生活中平常的小事，也能夠像看戲一樣著迷。

3.實地調查，真實體驗

「問渠那得清如許，為有源頭活水來。」實地調查研究，紮根到生活中去，才能有源源不斷的創作素材。在一九四二年延安文藝座談會上，毛澤東認為，文學家、藝術家「必須長期、無條件地、全心全意地到工農兵群眾中去……到唯一的最廣大、最豐富的源泉中去，觀察、體驗、研究、分析……然後才有可能進入創作過程」。

路遙創作《平凡的世界》花了整整三年的時間搜集素材、實地調查、體驗生活。他去煤礦多次和工人們一起下到千米井下現場，體驗煤礦生活，由此搜集和積累了豐富的生活素材。

> 嚴歌苓寫作小說前經常到實地去調查，去體驗生活。寫《第九個寡婦》時，她去河南農村跟農婦住窯洞，跟農婦聊天。寫《媽閣是座城》時，她去澳門賭場上假裝是賭徒，瞭解賭徒的心理。寫《老師好美》時，她去五所不同的中學「臥底」，揣摩中學生說話和生活的方式。

實地調查，真實地體驗生活，對於自媒體寫作者來說，也是非常好的搜集素材的方式。如果你是寫自己的生活或者身邊人的故事，就要紮根到生活中，去真正理解你所寫作群體的生活現狀，以及他們的所思所想。

如何用搜索獲得素材

現在的寫作者有一個非常強大的武器，那就是搜尋引擎。以前的作者，寫文章需要素材時，需要去翻書或者翻自己的筆記尋找素材。因此，常常為了找某個素材翻閱很多書，有時候偏偏找不到那個素材。我自己就有這樣的經歷，寫文章時想到一個故事，明明記得是在某本書裡，找到書翻了很久，也沒有找到那個故事，最後只好換一個案例。

還好，我們現在有搜尋引擎，如果你把自己的素材都電子化，你想要找某些案例或故事時，只需要用關鍵字搜索，就能找到相應的案例。

舉個例子，我之前看汪曾祺先生的散文，他在散文中提到沈從文先生寫《邊城》的故事，我就把這個故事摘抄到了我的讀書筆記裡。一年後，我寫茨威格（Stefan Zweig）的《一位陌生女子的來信》的書評，我被茨威格細膩的女性心理震驚，想起沈從文先生講過如何寫人物的細膩情感，我就去我的讀書筆記裡用「沈從文」這個關鍵字搜索，很快就找到了那段話。

> 沈先生上創作課時，經常說的一句話是：「要貼到人物來寫。」他還說：「要滾到裡面去寫。」他的意思是：筆要緊緊地靠近人物的感情、情緒，不要游離開，不要置身在人物之外。要和人物同呼吸，共哀樂，拿起筆來以後，要隨時和人物生活在一起，除了人物，什麼都不想，用志不分，一心一意。首先要有一顆仁者之心，愛人物，愛這些女孩子，才能體會到她們許多飄飄忽忽的、跳動的心事。

還可以用搜尋引擎尋找新的素材。比如，你在寫一篇文章，但缺少案例，你可以用關鍵字去搜索網際網路上的素材。網路上有海量的資訊，如果你有比較強的搜索能力，以及篩選資訊的能力，那麼整個網路都是你的素材庫。

舉個例子。在我的新書《時間的格局》裡有一篇文章題目是〈身為女性，你是否習慣性低估自己〉，在結尾時，想要引用一句名人名言，但一時又想不起來符合這個主題的名人名言。我就去網路上搜索，用關鍵字「低估自己」，在搜索結果中看到俞敏洪的一句名言：「人一生有兩件事不能做，一是低估自己，二是低估別人。」覺得與主題特別契合，就選擇了這句話作為結尾。這就是使用網路的搜索功能來尋找素材。

平時在網上流覽資訊，或者閱讀文章時，要有意識地蒐集素材。網路上的素材蒐集起來也很快，複製、黏貼，分類三個步驟就可以了。

10.2 如何整理素材

蒐集到的素材不加以整理，並不能成為寫作的題材。整理素材是非常關鍵的一步，每週固定抽出一小時的時間整理素材，將素材分門別類。如何整理素材可以參考大作家李敖整理素材的方法。

李敖曾在一期電視節目中公布自己過目不忘的原因：「我李敖看的書很少會忘掉，什麼原因呢？方法好。什麼方法？心狠手辣。」

下面簡單介紹李敖整理素材的方法。

1. 剪裁

把有用的素材剪下來。李敖一般同樣的書買兩本，這樣正、反面的內容都可以剪裁。很多人捨不得剪紙本書，所以李敖稱自己的讀書方法是「心狠手辣」。他看完一本書，這本書也被他分屍掉了。

2. 分類

把剪下來的素材分門別類放到相應的資料夾裡。分類怎麼分？李敖說他有很多自己做的夾子，夾子寫上字，把資料全部分類。剪下來的素材全部進入他的夾子裡。

他的分類非常細緻，可以分出幾千個類別。按照圖書館的分類，哲學類、宗教類等；宗教類再分佛教類、道教類、天主教類。李敖分得更細，天主教還細分為神父類，神父還可以細分，神父同性戀是一類，神父還俗又是一類，修女同性戀是一類，修女還俗又是一類。

分類分得細，找資料的時候就可以更加快速地找到有針對性的素材。分類是門大學問，篇幅有限，就不詳細介紹了。

3. 記憶標題

分類好的素材如果全部背誦，工作量是非常大的，李敖的方法是記憶標題。標題是按照他的習慣來分的，基本上都翻譯成英文，這樣方便按照英文字母排列，也有少數標題是用中文寫的。

這就是李敖整理素材的方法。整理好素材有什麼用呢？李敖曾說，當他要寫小說的時候，需要這個資料，打開資料，只是寫一下就好了。或者發生了一個什麼事件，跟修女同性戀有關係，他要發表對新聞的感想，把新聞拿過來，再把他的資料打開，兩個一合併，文章立刻就寫出來了。當你的素材豐富到這種程度時，寫文章的速度也是非常快的。

現在是電子化時代，我們不一定要把一本書剪裁了，但李敖整理素材的方法還是非常實用的。

(1) **要把一本書或一篇文章大卸八塊：**這個大卸八塊不一定要把紙本書剪裁掉，而是將一本書或一篇文章支解，提取有用的素材。現在很多書都有電子版，電子版裡的文字大多是可以複製的，如果你需要蒐集某個例子，直接複製黏貼就可以。

(2) **精準的分類：**雖然電子化的素材有搜索功能，但如果能夠精準分類，則更容易記憶。分類的方式可以參考圖書館的分類方式，或者列出自己感興趣的領域，把素材分類到自己感興趣的領域中。

(3) **記住標題：**不要以為電子化時代就不需要記憶。如果你不記憶，連自己的素材庫裡放了什麼素材都不清楚，寫文章的時候自然也想不起來。即使是電子化的素材庫，可以檢索，依然是需要記憶的。寫作是一個融會貫通的過程。如果不記憶，素材之間是很難產生關聯的，也就無法做到融會貫通。

等寫文章時，需要某個素材，打開素材庫（或者搜索）找到素材，拿來用就可以。寫一些時評文章，發生的事件結合自己素材庫裡的例子，一篇文章就寫好了。

蒐集和整理素材是一項需要長期堅持的事，你蒐集的素材越豐富，相當於你擁有更多的寫作寶藏，寫文章時就能更加得心應手，也能夠有源源不斷的寫作素材。

10.3 如何建立自己的素材庫

光靠記憶是不夠的，因為有時候記憶非常不可靠。比如，我們看了一篇文章，依稀記得這篇文章裡的例子。當下次自己寫文章，想要引用這篇文章的例子時，卻發現自己怎麼也想不起來是哪篇文章的例子，在哪裡看到的。往往費了半天工夫，還是找不到那個例子。因此，建立自己的素材庫是非常重要的。素材庫相當於大腦的外延，需要什麼素材，可以隨時從素材庫裡搜索獲取。

#在電腦中建立素材庫

我的素材基本上都是電子化的，現在很少像中學時那樣用筆記本做摘抄了。每個人都可以在電腦中建立一個個人圖書館或者素材庫。我有個資料夾命名為「My Personal Library」（我的個人圖書館），就是我的素材庫，一般電子書、寫作的文章、蒐集的素材都放在這個資料夾裡，搜索素材時直接在這個資料夾下搜索就可以。

我的素材庫分為以下五個類別，每個類別蒐集不一樣的素材。

1. 生活故事素材庫，蒐集生活中的故事

我們首先要蒐集的是第一手素材，也就是現實生活中的素材。有些故事、有些素材不一定立刻就能用上，可以先記錄下來，然後分類，等以後寫文章的時候就能迅速調取，而不是等寫文章了才開始搜腸刮肚地尋找素材。

生活中遇到了什麼人，聽他講了什麼故事，晚上回到家或者第二天早晨就把大致的故事內容記錄下來。這些是第一手資料，是最寶貴的素材，也是獨一無二的素材庫。

2. 書籍影劇素材庫

我會把書籍、電影、電視劇的素材都放在一個素材庫裡。每看完一本書，我會摘抄書中的故事、優美的句子、名人名言等，看完一本書也會寫讀後感。我把所有的讀書筆記都放在一個文檔裡，作為我讀書筆記的素材庫。在寫作過程中，如果聯想到某本書的故事，我會直接去這個讀書筆記文檔裡搜索。看完電影後我會寫影評，同樣也會放在這個素材庫裡。

3. 金句素材庫

一篇文章總需要有幾個金句，或者是引用名人名言，或者是電影的經典臺詞等。因此，平時也要刻意擴充金句素材庫。

金句素材庫一般包括以下幾類。

(1) **電影的經典臺詞：**看完一部電影，就搜索下這部電影的經典臺詞或者劇本。比如，看完《鯊堡的救贖》，你可以在網上搜索經典的臺詞。

It takes a strong man to save himself, and a great man to save another.

（堅強的人只能救贖自己，偉大的人才能拯救他人。）

Hope is a good thing, maybe the best of things, and no good thing ever dies.

（希望是美好的，也許是人間至善，而美好的事物永不消逝。）

Some birds aren't meant to be caged, that's all. Their feathers are just too bright...

（有的鳥是不會被關住的，因為它們的羽毛太美麗了……）

I guess it comes down to a simple choice. get busy living or get busy dying.

（生命可以歸結為一種簡單的選擇：要麼忙於生存，要麼趕著去死。）

(2) **書籍中的好句子摘錄：**一本書中總會有一些金句。比如，我自己的書《時間的格局》裡的一些金句：唯有夢想，才配讓你焦慮；唯有行動，才能解除你的焦慮。通往夢想的道路上，是一場場沒有硝煙的硬仗。每一次拚盡全力，都會讓你離自己的夢想更近一步。看到喜歡的句子，就可以摘錄到金句素材庫裡。

”刻意蒐集名人名言或金句。句子迷收錄成千上萬個句子，有影視劇經典臺詞、書籍的金句、經典語錄、名人名言、美句佳句等。看到喜歡的句子就可以搬運到自己的金句素材庫裡。“

平時閱讀文章時，看到好句子也可以隨時摘錄下來，如果是在網路上看到，可以把句子複製下來，發到自己的帳號上，然後晚上有時間統一整理。

4. 創作文章素材庫

我寫的文章都放在同一個資料夾下面，每年的文章放在同一個文檔裡。有時候引用自己以前寫過文章的內容，就直接在這個文檔裡搜索就行。

5. 網路素材庫

整理從網路上搜集的素材，如收藏的文章、流覽網頁時讀到的文章等。我一般用印象筆記收藏全文的文章，然後在週末的時候整理這些素材，篩選、剪裁、複製到第三個素材庫。

我喜歡用印象筆記[12]來蒐集網路上的素材。安裝印象筆記外掛程式之後，可以使用剪裁功能，在流覽網頁時，看到比較好的文章可以直接剪裁下來保存在印象筆記中，而不需要複製黏貼。在微信中看到好的文章可以直接收藏到印象筆記的素材庫中。

12 印象筆記是一款記事整理工具App，為Evernote的中國版。與Evernote相比，印象筆記多了一些中國在地化的服務，比如轉存微信微博等。印象筆記與Evernote雖然使用同一款軟體，但帳戶並不互通。

第11章

如何豐富詞彙

寫作過程中，我們遇到最頭疼的事情就是，找不到精準的詞來表達自己的思想。也許你的想法很生動，但詞彙量有限，表達出來時就有可能顯得貧瘠。或者你的故事驚心動魄，卻因為詞彙的局限而顯得很枯燥。

本章主要講詞彙的使用技巧、如何積累詞彙，以及如何建立自己的詞彙庫。

11.1 詞彙的重要性

詞彙是語言的基本單位，也是人類溝通與交流的基石。詞彙甚至會局限我們的思考力。在寫作過程中，我們想儘量精準地表達自己的思想，就需要尋找精準的詞彙。你的詞彙量越大，在表達思想時就能更加豐富，寫出來的文章也就更加生動。

詞彙會局限你的思考

詞彙是我們理解一篇文章的基石。如果不認識句子中的某個詞彙，理解整個句子也就會有難度。小學時我們認識的詞彙有限，因此閱讀像四大名著這樣的經典書籍就會有看不懂的問題。

豐富我們的詞彙量不僅可以提升寫作能力，還能反過來提升我們的思考能力。芝加哥大學丹娜・蘇斯金（Dana Suskind）博士在《父母的語言：三千萬字，給孩子更優質的學習型大腦》（*Thirty Million Words: Building A Child's Brain*）一書中提到，到四歲時，窮人家的孩子平均比中產階級家庭的孩子少聽到三千萬個單詞。這會影響到孩子早期的閱讀能力，甚至上學後的學業表現、社交及之後的收入差異。需要說明的是，這本書中的三千萬個單詞不是三千萬個不同的單詞，是指單詞的數量，而且是英文單詞。

這個調查說明，富人的詞彙量比窮人的詞彙量大。詞彙量大不僅會影響你的寫作能力，也會影響你的思考能力。《中國漢字聽寫大會》總導演有類似的觀點：詞彙豐富度影響民族思考能力。他說：「母語可以更豐富，可以特別美，語句也可以更加細緻和寬泛。母語詞彙的豐富度關係到母語的價值，影響到一個民族的思考能力。」

#詞彙變得越來越貧乏

我們的語言正變得越來越貧乏。當下雪時，我們只會說：「雪下得好大，好美。」古人會說：「白雪紛紛何所似？」「未若柳絮因風起」。當看到一群鳥飛起，我們會說：哇，好多鳥。古人會說：「落霞與孤鶩齊飛，秋水共長天一色。」對比之下，我們現代人使用的語言幾乎沒有美感。語言的簡潔，其實反映了我們生活方式的簡化。常年在都市生活的人們，已經很難感受自然界的變化了。

每年網路上都會出現一些流行用語。比如，一時間「Low」可以代替任何你不屑的東西。你好Low，這東西太Low了。你回想一下，在Low還沒有流行時，你用什麼詞語來表達相同的意思，你卻想不起來了。

當一個網路用語出現時，大家都會跟風。比如，「懟」這個字大部分人都不認識，但成為流行用語之後，一時間所有人都認識了這個字，並且頻繁使用這個字。

網路流行用語的生命力是非常短暫的。比如，曾經很流行的「Duang, Duang」，現在幾乎沒有人這樣說了。

寫文章時，使用網路用語可以讓你的文章更接地氣，但過分使用網路用語，會讓你的文章壽命變短。

11.2 你不缺詞彙，缺的是使用詞彙的技巧

我們說到詞彙時，會想到「遣詞造句」這個詞。「遣詞」這個詞很形象，使用某個詞彙時，就如同調兵遣將的過程。你要有足夠多的士兵可以挑選，這就需要詞彙的積累；你要將合適的士兵放到合適的職位，這就需要辨別不同詞彙的意思，根據語境使用最合適的詞語。

#使用精確的詞彙

寫作的時候儘量使用精確的詞語。比如，不要用籠統的詞語「汽車」，而要用精確的「瑪莎拉蒂」；不要只寫「水果」，而要精確到「橘子」、「香蕉」等具體的水果名稱。

> 名詞的積累從辨別身邊的事物開始。用具體的名詞來稱呼，而不是用模糊的詞語來稱呼。比如，在公園裡看到美麗的花，指出花的名字，用鳶尾花、夾竹桃等具體的名字來代替花。

如果你是一位興趣廣泛的人，你的詞彙量也會增加。比如，你喜歡跑步，那麼你就能積累跑步領域的專業名詞。如果你喜歡古董，那麼你會比別人更瞭解古詩詞、古董名詞等。比如，一位同事很喜歡參觀博物館，她知道「秘色釉」、「虢國夫人游春圖」等，而這些名詞，我是聽了她的講述之後才

知道的。這些名詞都是她平常的積累。

生活的豐富程度也會影響你的詞彙量。比如，你是一位吃貨，你就會知道更多食材和菜名。比如，有一次，朋友講到「花膠」這個詞，剛開始我以為是「花椒」。細問之後才知道「膠」是「膠水」的膠。像我這樣沒有吃過花膠的人，就不知道「花膠」這個東西的存在。

因此，如果想要積累更多的詞彙，從長遠來看，就要豐富你的生活。要跨界，多去瞭解不同的領域。你每進入一個領域，就會積累這個領域的專業名詞。

當然，在寫作過程中，如果你不記得具體的名字，可以先用籠統的詞彙代替，比如，你不記得樹的名字，不要停筆，就寫「樹」。寫完之後再去查詢，也許你會查出來那是一棵「櫻花樹」。

#使用具象的詞彙

五月的某個週末，我和先生去合肥的表姐家。表姐三歲的兒子正在辨認顏色，他告訴我，這是湖水藍，那是西瓜紅，這是青草綠，那是香蕉黃……

作為成年人，我們在講顏色時，常常只是用藍色、紅色、綠色、黃色等籠統的詞彙。這些籠統的詞彙在湖水藍、西瓜紅、青草綠和香蕉黃面前如此蒼白。

”

寫作時，多使用具象的詞彙。這跟我們大腦的記憶方式有關。大腦記憶最常用的一種方式是記憶宮殿法。需要用具象的、熟知的事物來記憶抽象的、陌生的事物。使用具象的詞彙，你的文章會更生動。

“

舉個例子，我們非常熟悉的一首詩：枯藤老樹昏鴉，小橋流水人家，古道西風瘦馬。夕陽西下，斷腸人在天涯。

這首詩非常形象，畫面感很強，沒有敘述，沒有評論，用了十一個名詞來描繪一幅畫面。這是中國古詩的傳統，也就是「詩中有畫，畫中有詩」，用詩詞勾勒出一幅靜物畫。

#近義詞替換法

寫作時，只能想到一個很普通的詞，可以用近義詞替換的方法。比如，你描述煙火，只能想到美麗的煙火。然後，你可以去網上搜索美麗的近義詞。不斷替換之後，你會發現用絢爛的煙火最符合煙火綻放時的那種感覺。

用「缺」的方法。在一本書中看到作者使用的一種方法。有段時間，他鍵盤上的「J」鍵壞了，無法使用「J」鍵，在聊天或寫文章時，只能用其他詞來代替。比如，他用五筆輸入法，本來想使用「明顯」這個詞，但沒有「J」鍵無法輸入，再想到「明擺著」、「顯然」等詞都不行，最後他想到了用「淺露」來代替。

用「摳掉」的思想來使用詞彙。寫作時，最忌諱的就是陳詞濫調，你寫出來的文字跟其他人寫出來的文字大抵是相同的，動不動就是成語和俗語。寫作的過程要「摳掉」用俗用濫的字與詞，逼自己換一種方式去思考、去落筆。

你也可以採用剛才說的摳掉鍵盤上一個字母的方式來刻意練習。

#使用詞彙的注意事項

在使用詞彙時，我們要注意以下三點。

1. 不要生造詞語

在寫作時，不要自己生造詞語。生造的詞語一般不規範，有歧義，讀者不理解詞語的正確意思。前文有講到詞彙是語言的基本單位，如果你自己生造了一個詞，但是讀者都看不懂是什麼意思，就是阻礙讀者正確理解你所要表達的意思。每個詞有約定俗成的含義，組詞成句要遵守語法的規則，這樣的詞語大多數人是理解的。如果自已生造一個詞，結果只有自己明白是什麼意思，讀者都不懂，是不利於文章傳播的。因此，我們要多積累詞彙，正確使用詞語，而不是生造一個讀者不認識的詞語。

2. 正確理解詞語的意思

另一點需要注意的是正確理解詞語的意思，正確使用詞彙。小學的時候，語文考試有修改病句的題目，其中一些病句是錯誤地使用了詞語，引起歧義。這樣的病句在有些文章中經常可以見到。舉個例子。某個晚上，我參加一個演講俱樂部，演講俱樂部的今日一詞是「白雲蒼狗」，在演講中要使用這個詞彙。有些演講者不知道這個詞的意思，在演講時生硬地運用在句子裡，鬧了不少笑話。要正確使用一個詞語，首先要正確理解這個詞的含義。

3. 除了特殊場合需要，儘量少用方言

使用方言可以讓文章增加鄉土氣息，但是使用方言會增加理解的難度。如果讀者不瞭解你所使用的方言，他就看不懂你要表達的意思。我的家鄉是浙江，我們的方言除了小範圍的當地人能聽懂之外，其他人都很難聽懂，如果我在寫文章時用這樣的句子：「家裡有沒有天羅？」如果讀者不知道天

羅是絲瓜的意思，肯定看不懂我在講什麼。

在文章中使用方言的情況已經越來越少了，因為大部分人都說普通話，對方言的瞭解也沒有那麼深，所以寫文章的時候也很少用方言來表達。

11.3 如何積累詞彙

如何積累詞彙？可以從以下五個方面進行。

1. 精讀一流的文學作品

文學作品中有豐富的詞彙，在精讀文學作品時，把看到的新詞彙摘抄出來，記錄到自己的詞彙庫裡，並且把例句也摘抄出來，這樣就知道如何使用這個句子。

2. 善用詞典積累詞彙

記得小時候我有一本成語詞典，當時會專門背誦成語。在學習英語時，我們遇到不認識的詞，也會查字典，會背誦單詞。但對於母語的學習，我們很少查字典、背誦詞語。利用詞典積累詞彙依然是一個很好的方法，而且可以用查閱詞典的方式瞭解一個詞的正確含義。比如，你可以查閱《新華字典》、《說文解字》、《成語詞典》等。遇到不認識的新詞就查閱，並把新詞記錄到詞彙庫中。

3. 從日常生活中積累詞彙

要學會吸收生活中鮮活的語言，要學會傾聽和記錄。在日常生活中，聽過一些新的詞也可以收錄到自己的詞彙庫裡。比如，我上次參加演講俱樂部，聽到「白雲蒼狗」這個詞，我記下來查閱這個詞的含義，然後用這個詞造句。有一次，我跟朋友聊天，她說到「狷介」這個詞，這對於我是一個新詞，我就把這個詞記錄下來放到了我的詞彙庫裡。這些都是從生活中積累詞彙的例子。

4. 利用網路積累詞彙

網路非常便捷，我們在網上看文章或資料時，看到新的詞彙也可以隨時摘錄，增加到詞彙庫裡。比如，我在查閱「功不唐捐」時看到了「日拱一卒」這個成語，我就可以把這個成語收錄到我的詞彙庫裡。

5. 每日一詞

除了遇到生詞時主動摘錄，我們還可以採用主動學習新詞的方法。比如，每日一詞的方法。每天學習一個新的詞彙，用這個詞彙造句，或者要求自己在文章中使用這個詞。比如，今天的每日一詞是「功不唐捐」。你可以在詞彙庫裡記錄這個詞的意思：佛家語，指世界上的所有功德與努力都是不會白白付出的，必然是有回報的。然後你用這個詞語造句：功不唐捐，你的努力終將得到回報。

11.4 如何建立自己的詞彙庫

在平常閱讀文章時要刻意積累詞彙，建立自己的詞彙庫，把積累的詞彙放到自己的詞彙庫中，定期複習和背誦。

#建立自己的詞彙庫

建立自己的詞彙庫，可以使用電子化的方式，也可以使用筆記本摘抄的方式。遇到新的詞彙，將其收錄到自己的詞彙庫裡並造句，想像使用場景。

使用電子化方式來建立詞彙庫。比如，你可以用 Excel 的方式來收錄詞彙。你也可以使用筆記本來摘抄，就像小時候抄寫英文單詞一樣。寫下這個詞語，釋義，然後再造句。

積累詞彙，要經常複習，就像孔子說的「溫故而知新」，經常拿出來背誦，長此以往，詞彙量就能有一定的提升。

#背誦

當我們在說積累詞彙時，首先想到的是英語。在學習英語時，我們會想到背誦單字。但是學習漢語，除了小學的時候背誦一下課文，後來幾乎很少背誦了。我們花在背誦英文單詞上的時間遠遠比學習語文的時間要多。

學習語文，也是要背誦的。

經濟學家張五常先生在《吾意獨憐才》一書中提到，中文必須要背誦。中文是單音節詞砌成的，通過背誦瞭解如何組詞，模仿高手是如何遣詞造句的。他覺得背誦古文應該搖頭晃腦。

古文有很強的節奏感，朗讀和背誦時也要有節奏感。他認為小孩子應該多背誦經典的古文。即使讀不懂也沒有關係，先背下來，等長大了，自然會理解。在小時候記憶力最佳時期，應該多多背誦。

背誦什麼？背誦古漢語：《千字文》、《聲律啟蒙》。背誦優秀的文章、金句。最簡單、有效的方法往往就是這些「笨」方法。中學時老師教我們的寫作方法：閱讀、摘抄、背誦、仿寫，這些都是非常有效的。

> “一些名家的寫作經驗之一就是模仿，先閱讀名家作品，然後學會分析文章結構，再摘抄金句、背誦，變成自己的積累。金句如果不背誦，寫作時就無法靈活運用。”

閱讀、摘抄、背誦就像是在往銀行帳戶存錢，寫作時就像是取錢，如果平時不積累，取錢的時候才發現帳戶沒錢，就會明白自己的詞彙是多麼匱乏了。

第12章

斜槓青年的寫作習慣養成記

寫作是一件需要日積月累的事情，想要持續地寫下去，最好的方式就是養成每日寫作的習慣。養成習慣之後就不需要意志力的堅持，自然而然就能寫作。很多人認為，寫作要靠靈感，因此養成寫作的習慣是不現實的。實際上，一流的作家大多有良好的寫作習慣和規律的作息。比如，《鯊堡的救贖》一書的作者史蒂芬·金是一位高產作家，他每天要求自己寫兩千字，不寫完就不准出書房。

怎樣養成每日寫作的習慣？這就是本章要探討的內容。

12.1 培養習慣的三個階段

亞里斯多德曾說：「人是被習慣所塑造的，優異的成績來自於良好的習慣，而非一時的行動。」一我們的日常行為大部分是由我們的習慣決定的。心理學家說，人類有九十五％的行動是在無意識中進行的，而大部分的無意識行動都是通過習慣產生的。

想要改變自己的人生，不是下一個決定就能達到的，需要每日的精進，日復一日地練習和持續的行動力。一個人的意志力終究是有限的，長期持續的行動一般靠的都不是意志力，而是習慣使然。

很多人開始做一件事，不久又放棄，周而復始，過了幾年，什麼改變也沒有發生。而有些人養成了良好的習慣，幾年如一日地保持著良好的習慣。這個習慣所產生的效果會通過「複利」的積累產生驚人的結果。

一直特立獨行的貓，在二十三歲到三十歲的時間裡，一直在堅持做一件事，那就是下班後寫作。她目前已經出版《從北京到臺灣，這麼近那麼遠》、《挺住，意味著一切》、《不要讓未來的你討厭現在的自己》、《當你的才華還撐不起你的夢想時》等書。這就是堅持一個習慣帶來的「指數級」收穫。

多久可以養成一個新習慣？有一種說法是二十一天養成習慣，《堅持，一種可以養成的習慣》一書的作者古川武士認為，培養新習慣所需時間的長短依照想培養的習慣的種類而定。習慣不同，習慣引力作用的強度也不一樣。作者將習慣分為三類：行為習慣、身體習慣、思考習慣。養成這三種類型的習慣分別需要一個月、三個月、六個月。

> ”閱讀、寫日記、整理、記帳等屬於行為習慣，只需要一個月；減肥、運動、早起等屬於身體習慣，需要三個月；邏輯思考能力、創意能力、正面思考等屬於思考習慣，需要六個月。行為習慣是最容易養成的，而思維習慣是最難的。但培養一個新思維習慣的威力也是最大的。如果你培養了《與成功有約：高效能人士的七個習慣》中的七個思維習慣，那麼對你的一生都會產生巨大影響。“

不管需要多久養成一個習慣，古川武士將習慣養成的過程分為三個階段：反抗期、不穩定期和倦怠期。

#反抗期：在暴風雨中前行

培養習慣最初的一到七天，稱為反抗期。根據古川武士對一百五十位客戶的統計，四十二%的人會在反抗期失敗。也就是說，很多人在最初的七天內習慣養成計畫就失敗了。

為了度過反抗期，在培養習慣時要注意以下幾點。

1. 想清楚為什麼要做這件事

很多人開始行動只不過是跟風或者人云亦云，看到別人都在做，所以我也要做。但他不知道別人為什麼要做這件事，也不去思考自己為什麼要做這件事。因此，新鮮勁過去之後也就沒有動力做下去了。

只有想清楚自己為什麼要做這件事，在做事情的過程中才能克服困難。比如，我堅持每日寫作的習慣，初衷很簡單：寫我的所思所想。這個簡單的初衷是我持續一千多天的力量源泉。

2. 一次只培養一個習慣

我們培養習慣的時候往往會失敗，原因之一是因為我們太貪心，想要同時培養好幾個習慣。比如，很多人既報名了水彩畫的訓練營學習水彩，又報名了寫作訓練營學習寫作，還報名了思維導圖的課程學習思維導圖。結果是顧此失彼，什麼也沒有學好，什麼習慣也沒有養成。因此，在培養習慣的過程中，一次只培養一個習慣。等新習慣真正培養成功了，再開始培養下一個新習慣。

佛蘭克林在培養他的十三條戒律時也是一次只培養一個。一項習慣養成之後，再實踐另一項，直到把十三項都實踐完畢。

3. 行動規則越簡單越好

當我們設定一個習慣時，往往會設定很多規則。以學英語為例，我們要求自己每天朗讀英文二十分鐘，背誦單詞五十個，晚上花一小時學習語法，練習口語三十分鐘等。這麼多複雜的規則本身就很難做到，更不用說長期持續做了。複雜的規則很容易失敗，簡單的規則容易堅持。在培養習慣時，先設定一個行動規則，等養成了習慣，再培養下一個行動規則。比如，要培養跑步的習慣，你的行動規則可以設定為，穿上跑鞋，下樓。這個行動規則很容易實現，因此每日行動起來就不會有太大壓力。

一開始不要太在意結果。很多時候，我們往往剛開始做一件事，就期待很好的結果。比如，剛開始寫了幾篇文章，就希望自己的文章能夠通過簡書首頁投稿，閱讀量破萬。當看到自己寫的文章寥寥無幾的閱讀量時就會心灰意冷，再也不想寫作了，而養成每日寫作的習慣也就因此中斷了。

每一項技能都是需要經過一段時間的練習的，寫作也不例外。誰都經歷過寫得不好到寫得好的過程。一開始，我們不要太在意結果，不要被「數字綁架」，先關注持續的行動，而不要過分關注外界的反應或者評價。

為了更好地度過反抗期，有兩個非常簡單的行動方案。第一，以嬰兒學步開始。當我們下定決心培養一個習慣時，往往會給自己制定過高的目標。目標過高，往往容易放棄。就拿寫作來說吧，很多人剛開始寫，就想寫出好文章，給自己的目標是每天寫一篇閱讀量一萬的文章。因為這個目標很難實現，因此沒過幾天就放棄了。

> “用「嬰兒學步」的方式，就是像小寶寶學走路那樣，從小地方開始行動。比如，一開始寫作，目標可以設定為每天寫五百字或者每天寫十五分鐘。先從第一步開始，等養成習慣了，再增加難度。”

很多時候，我們會陷入「完美主義的陷阱」，因此無法邁出第一步，寧願一直拖延。比如，我寫這本書的過程也是如此。一開始，我簡直無法動筆寫作。我心裡想著應該要動筆寫起來了，但行為上卻一會看看八卦新聞，一會看看電影，再做做各種瑣碎的事情，就是不願意打開文檔寫文章。這樣過了好幾天，我終於意識到，我之所以拖延是因為設定了神級目標。我的目標是寫一本十萬字的書，心裡覺得太難了，反而不敢行動了。我想起了「嬰兒學步」的方式，調整了目標：每天寫一千字，這對於我來說並不難。如此，我才有了勇氣每天寫一點，持續不斷，寫完了這本書。

當你覺得無法行動時，就把目標調整為「嬰兒學步」的方式。比如，你想要「把房間整理乾淨」，但一直無法動手，就可以把目標調整為「整理十五分鐘」，這樣就能夠動手做起來。比如，跑步時，把目標從「每天跑步一小時」調整為「每天慢跑十五分鐘」，就容易實現。當你開始做起來，就會給自己增加信心，也能夠有動力持續做下去。只要踏出一小步，身體就會充滿幹勁，動力也會持續不斷地產生。

設定「嬰兒學步」時可以參照以下兩種方式。

(1) **細分「時間」**：比如，十五分鐘閱讀，十分鐘寫日記，十五分鐘跑步等。

(2) **細分「步驟」**：比如，只讀一頁書，只寫一行日記，走路而非跑馬拉松。

另外，要簡單記錄。就像管理時間的第一步是記錄自己的時間消費情況一樣，習慣養成時也可以用簡單記錄的方式見證自己的行動。通過記錄可以清晰瞭解每日執行情況。如果不記錄，有時候自己也不知道到底有沒有完成當日的任務，並且持續記錄可以量化行動，從而產生自信，提高行動力。

記錄可以採取簡單的打鉤、打叉的方式。比如，你要求自己每日寫五百字，寫完之後就在紙上打鉤。看著紙上滿滿的勾，也就更有行動力了。

不穩定期：建立持續行動的機制

用「嬰兒學步」的方式，你度過了反抗期，進入了不穩定期。第一階段的行動難度很低，比實際想培養的行為習慣簡單得多，進入不穩定期後，就要把難度提升到自己本來要求的程度。同時，生活中又會經常發生一些突發情況，如突然加班、朋友聚會等，這個時候新習慣還是很脆弱的，也容易受到外界環境的影響，失敗率也是很高的。

如何度過不穩定期？對策有三個：行為模式化、設定例外規則、設定持續開關。

1. 行為模式化

你可以將習慣模式化，在固定的時間、固定的地點規定具體的數量和方法。以每日寫作為例，採用固定的模式。在固定時間，六點到八點之間寫作；固定地點，在小臥室的書桌前寫作，沒有人打擾；固定字數，每天寫一千字。採用固定化的方式就不容易忘記，也容易培養節奏感。

2. 設定例外規則

有時候，生活中總是會出現一些意外，每天執行目標還是有些困難的。但是，沒有完成目標，心裡又會有負疚感。這時可以設定一些例外規則。以寫作為例，如果晚上有聚會，就可以把寫作任務放在早晨來完成。例外規則可以讓計畫保持彈性。

3. 設定持續開關

有位朋友說，你完成不了自己的目標要麼是對自己不夠好，要麼是對自己不夠狠。根據心理學的說法，積極行動的動力來源分為「產生快感」和「迴避痛苦」兩種，在培養習慣的過程中，你可以採用一些方法來獎勵自己或者懲罰自己，達到持續行動的目的。

如果你是利用獎勵或者快感推動自己的行動，那麼可以參考以下幾種方式幫助自己養成好習慣。

當你想要培養一個新習慣時，可以獎勵自己，設計一些遊戲來提升自己的熱情。

- 通過獎勵的力量突破眼前的困難。比如，每天寫作五百字，持續二十一天，給自己買一條漂亮的裙子。
- 塑造被稱讚的氣氛以提升幹勁。比如，每天寫完文章，發布在朋友圈，通過朋友們的點讚，讓自己更有行動力。
- 設定理想目標，讓現在的自己更進步。比如，買一本最喜歡的作家的書來鼓勵自己，有一天，也要像他那樣出版自己的書。
- 通過舉行小小的儀式，驅除怠惰的心情。比如，我在早晨寫作之前，都會先喝一杯蜂蜜水，作為開啟寫作的儀式。每天固定的儀式，做完儀式，大腦就自動進入行動模式。
- 去除障礙，減輕壓力。比如，想要寫作，就斷網。想要學習，就把電視機的遙控器藏起來。把那些影響你行動的障礙清除掉。

如果你是利用處罰或者危機感推動自己行動的，那麼可以參考以下幾種方式，幫助自己養成好習慣。

- 損益計算。投資，製造失敗就會虧損的狀況。我有一些朋友為了讓自己每日更新文章，組建了日更群，每個人交三百塊錢押金，只要沒有完成任務，這三百塊錢就充公了。結果表明這種方式很有效。如果效果不明顯，可以提升金額，比如，押一千塊錢，有了肉疼的感覺，就會有動力逼自己一把。
- 結交相同習慣的朋友，不允許自己安逸。現在網路上有各種訓練營，你可以根據自己的目標選擇合適的訓練營。想要寫作，可以來參加我組織的二十一天愛上寫作訓練營，和一群志同道合的小夥伴一起寫作，看到別人每日寫作，你也不好意思偷懶。

- 對大眾宣布，造成沒有退路的狀態。比如，你要寫十萬字的小說，你可以在朋友圈裡宣布寫作目標，並且群發給朋友，請他們監督。對於好面子的人來說，這個方法還是很有效的。
- 利用處罰遊戲擊退藉口。比如，一天沒有完成寫作一千字的目標，就處罰自己捐獻五十元到公益單位。
- 設定目標，引發達到目標的欲望。比如，每天寫一千字，就把這個目標貼在牆上。每月閱讀十本書，也把這個目標貼在牆上。通過目標，激勵自己努力。
- 強制力。通過與他人約定，製造嚴苛的環境、時間限制等，逼迫自己進入「不得不做」的狀況。寫這本書，因為與出版社簽訂了合約，約定了交稿時間。即使想要偷懶，想要拖延，想到交稿的日子一天天逼近，也不得不奮起而行動。

設定行動開關要根據自己的喜好來設定。如果你是一位外向的人，那麼當眾宣布的方式可能會促進你的行動力，而對有些人來說，當眾宣布會帶來很大壓力，反而阻礙了行動力。同樣的方式對不同的人效果是不同的，因此要創造符合自己的獎勵或者懲罰方式。

#倦怠期：習慣引力最後的反抗

習慣堅持一段時間之後，就容易陷入倦怠期。這個時候，可以給自己的習慣增加一些新規則，或者換個環境、換個心情。一些小的變化可以產生持續的動力。你也可以嘗試新的挑戰，擬定長期的習慣計畫清單。

以我自己為例，寫作六個月後我也出現倦怠期，後來我發起了寫作訓練營，跟一群志同道合的人一起寫。我作為發起者，肯定不好意思偷懶，所以又有了寫作動力。每次開始新的一期活動就會給自己注入新的活力，持續地寫下去。我是在一千多位小夥伴的陪伴下持續寫作的。你也可以開始培養一個新的目標。如果每天寫一千字對你來說很簡單，你可以增加一個新目標，每日閱讀三十分鐘，搭配每日寫作一千字。如果你已經養成了跑步的習慣，你可以在跑步時聽英語音訊。通過增加一些新變化，讓自己度過倦怠期。

> ”運用正確的方法，養成一個習慣，一點都不難。堅持一個好習慣，也不像你想像中那麼難，要把好習慣變成像刷牙一樣輕鬆的事情。培養一批好習慣，利用「複利」的累積效果，說不定你的生活會因為一個小小的習慣而改變。“

#培養一個抓手習慣

有時候，不同習慣之間並不是孤立的。雖然目標是培養一個習慣，卻順帶養成了好幾個習慣。因此，我們在培養習慣時，要去尋找那些抓手習慣，抓手習慣這個詞是我原創的，通過抓住一個習慣來帶動其他各種習慣。

在培養習慣時，我們常常會孤立地設定不同的習慣。比如，每日早起、看書半小時、寫作半小時、寫晨間日記半小時、自己在家做早餐、健身半小時等。用剛才介紹的習慣培養的方法，每個行為都至少需要一個月的時間才能養成習慣，而一天做這麼多習慣，時間也不夠用。

如果能夠只培養一個習慣，順帶也養成幾個其他習慣，豈不是一舉多得的事情。還是以每日寫作的習慣為例。我只養成了每日寫作的習慣，當我養成這個習慣時，我順帶養成了以下幾個習慣。

早睡早起：我每天清晨寫作，自然就會早起。想要早起，自然需要早睡。我目前的生物鐘是晚上十一點之前入睡，早晨六點左右自然醒。因此，我養成早睡早起的習慣是不費吹灰之力的。而很多人掙扎了很多次，都沒有養成早睡早起的習慣。

每日閱讀三十分鐘以上：每日閱讀也是很多人想要養成的習慣。開始每日寫作之後，我發現自己的閱讀量不知不覺中有了很大提升，從每年閱讀二十本書直接上升到每年閱讀一百本書。如果沒有持續的輸入，如何持續寫作？因此，不知不覺中我也養成了每日閱讀的習慣。

每日寫反思日記：反思日記這個詞我是在成甲的《好好學習》一書中看到的。其實，在知道這個詞之前，我就實踐了一年多的時間。每日清晨寫作，我總是會先總結下昨日發生的事情，反思自己的行為。這也是寫作的內容之一。

每日在家做早餐：很多上班族早餐都是在路上匆匆解決的。我基本上每天都是在家自己做早餐。因為早起寫作，如果等到出門上班的時候再吃早餐，我早就餓暈了。我每天寫作到八點就開始做早餐，吃完再去上班。

在養成每日寫作的習慣之後，我還在不知不覺中戒掉了一些壞習慣。

戒掉滑手機的習慣：在沒有開始寫作之前，總是會不停地滑手機、逛社群軟體，時間就在不知不覺中流逝了。養成寫作的習慣之後，時間變得更加寶貴，也就不願意花時間在網路上了。沒有刻意為之就戒掉了這個習慣。

在一定程度上戰勝了拖延症：我以前真的是一個重度拖延症患者，做什麼事情都喜歡拖拉。總是要到截止日期才去做事情。養成寫作習慣之後，也慢慢變得更有行動力，做事也不像以前那麼拖延了。

當每日寫作持續了幾年之後，我才發現，原來一個習慣可以給生活帶來這麼多的改變。同時寫作給我帶來了很多機會，我成為簡書簽約作者，我創建了微信公眾號，我組織寫作訓練營，在不同平臺分享寫作經驗鍛鍊了演講能力，認識了各個領域的大咖……各種超乎想像的驚喜。

“當你在培養習慣時，應該去選擇培養那些抓手習慣，有了這個習慣，可以順帶養成好多其他習慣，而且你的生活也會因為這個習慣發生巨大改變。千萬不要小瞧一個習慣，它帶給你的力量會超出你的想像。而培養一個抓手習慣，會帶來全方位的提升。”

雖然培養一個習慣所需的時間並不長，但一個習慣真正發揮作用還是需要挺長一段時間的。先定一個小目標，持續行動一百天，然後向一千天前進。當你達到一千天之後，你會發現持續的行動已經給你的生活帶來巨大改變。

12.2 斜槓青年的寫作時間和精力管理

在自媒體群體中，很大一部分人是一邊上班一邊業餘寫作的。即使一些微信公眾號的大V一開始也是兼職寫作運營自媒體，直到公眾號粉絲積累到了一定數量，才辭掉全職經營公眾號。

一邊有著全職工作，一邊經營自己的副業，自稱為「斜槓青年」。一開始寫作，你要做好斜槓青年的準備。如何一邊全職工作，一邊業餘寫作？斜槓青年的時間如何管理？

#白天上班，清晨早起寫作

如果你是一位上班族，工作日的業餘時間只有上班前和下班後這兩部分。如果你選擇在業餘時間寫作，基本上也只有這兩種選項。

有些人是晨起型的，喜歡早起寫作。有些人是夜貓子型的，晚上是靈感迸發時期。亦舒是一位晨起型作家。她也是一位高產作家，僅長篇小說就有一百多部。據說，她的丈夫一直很納悶：老婆出版的一本又一本的小說，都是什麼時候寫出來的？因為她每天都有那麼多事情要做。原來，亦舒每天淩晨三四點就起床寫作，奮力寫上三小時。然後，開始做早飯。這時，全家人才開始陸續起床。

我的朋友古爾浪窪，也是《職場競爭力》一書的作者，他也是一位晨起型寫作者。他把一天的時間分為三部分，早晨四點半~八點是自己的時間，主要用來閱讀和寫作。白天八點~五點是工作時間。晚上是家庭時間。

他每天早上四點半到五點之間起床，然後閱讀和寫作。八點準時抵達辦公室。當你還在睡夢中時，他已經看完一本書、寫完一篇文章了。他白天需要管理自己的公司，晚上要陪伴孩子，但依然能保持日更。這些年，他一直筆耕不輟，寫下了幾百萬字。他說早起閱讀和寫作的習慣已經保持了十幾年。

我自己也是晨起型寫作者。我每天清晨六點左右起床，簡單洗漱後開始寫作。寫作兩小時，八點之後開始做飯，然後上班。日復一日，這個習慣也保持了近三年的時間。

“不要小看每天兩小時，如果以一小時兩千字來計算，一天也可以寫四千字，寫一年就可以積累一百四十六萬字。”

要做到晨起寫作，首先要做到早睡。只有做到早睡第二天才能早起。無論多忙，都不要壓縮睡眠的時間。曾在一次線下聚會時遇到一位朋友。她說，見過五六位簡書簽約作者，只有我是在晚上十二點之前入睡的。其實，我不僅是十二點之前入睡，我的入睡時間是在晚上十點半到十一點之間。只有早睡，才能保證第二天自然醒，並且有充沛的精力來寫作。

晨起寫作的時間管理是比較簡單的。

固定時間起床和寫作：我基本上每天是自然醒，形成生物鐘後，每天在六點左右起床。每天預留兩小時寫作。

關閉社交軟體：寫作是一項需要高度集中注意力的事情，早晨的時間本身也非常寶貴，為了高效寫作，在寫作過程中，建議關閉社交軟體。

設定停筆的鬧鐘：有時候，寫著寫著寫嗨了會忘記時間。為了不耽誤上班，可以設定停筆的鬧鐘，鬧鐘響了，無論寫得多嗨都應該停筆，然後洗漱上班。停筆前，可以先把靈感概要記錄下來，有時間的時候繼續寫。

清晨寫作四大優勢

1. 早晨的時間是可控的

如果想要在早晨寫作，只要比平常早起一點，把早起的時間用來寫作。這段時間完全是自己的，不受外界干擾。早晨的寫作時間是可以固定下來的，比如，我每天在六點半左右開始寫作。相反，如果在晚上寫作，常常會因為各種事情干擾而無法固定時間，有時會因為加班或者其他突發事情無法完成當日的寫作。

在早晨寫作還可以順帶養成早睡早起的習慣。因為每天都要早起，自然需要早睡。

2. 早晨的大腦是鮮活的

清晨起床之後，不要打開手機，也不要看報紙雜誌，在沒有閱讀之前就開始寫作。這時候大腦是鮮活的，還沒有任何文字和煩心事進入大腦。這時候也是離潛意識最近的。《成為作家》一書的作者就推薦在清晨寫作。

3.早晨的精力是最充沛的

現在人們已經不僅僅滿足於時間管理了，而是強調精力管理。我們不得不承認，每個人的精力都是有限的，而且每個人的精力是有差別的。有些人精力充沛，一天可以做很多事情，而有些人的精力就不是特別旺盛，做一點事情就容易疲倦。

我屬於精力不太旺盛的一類。白天工作，就會耗費大量精力，到了晚上，只能做一些不那麼耗費精力的事情。寫作，需要集中注意力思考，是挺耗費精力的，如果精力不充沛，有時是很難持續寫下去的。

4.在清晨寫作，帶來一天的好心情

既然寫作是每天都要做的事情，如果在早晨就把一天必須要做的事情做完，那一天的心情都會很輕鬆。一件你必須做但又還沒有做的事情你需要一直記著，這本身就是一個負擔，也是耗費精力的。如果到了晚上，因為太累或者突發事件沒有時間做這件事，就會帶著內疚或自責入睡，這也是不利於睡眠的。

在清晨寫作是一天中最高效，也是最快樂的時光。寫作是我每天起床的動力，迎著朝陽，奮筆疾書，不也是挺美的嗎？

> ”《意志力》一書中提到，選擇做和不做都是需要消耗意志力的。而習慣不用，習慣會變成一種本能。養成每日清晨寫作習慣之後，甚至都不需要思考今天是否要寫作，而是習慣性地來到書桌前寫作。“

每日清晨寫作，讓寫作這件事固定且可控。如何開啟清晨寫作之旅，以下是一些個人建議。

1. 早點起床

如果要在上班前抽時間寫作，你需要比平時早起三十分鐘或一小時。如果你平時九點上班，也許你需要七點起床，寫作一小時，然後再吃早餐去上班。

2. 找一個安靜的地方寫作

寫作需要集中注意力，需要思考，所以最好找一個安靜的地方開始寫作，避免他人的打擾。如果你有獨立的房間，可以關上房門，給自己創造安靜的環境。

3. 不要打開手機

很多人起床後的第一件事就是先打開手機，看看是否有新消息。當你打開手機，你的時間很快會被手機吞噬。本來只想看看是否有新的訊息，看到新訊息，你需要回覆，你也有可能被新ＰＯ出來的影片或文章吸引，開始閱讀。當你猛然醒悟真正要做的事是寫作時，時間已經流逝了。為了高效寫作，最好不要打開手機，堅決不能打開手機。

4. 不要閱讀書籍和任何資訊

早晨起床之後，不要閱讀任何書籍和資訊。要保持人腦的鮮活度。這時也是離潛意識最近的。

5. 不要查看郵件

很多人起床後的第一件事是查看郵件，然後就直接進入工作模式了，開始思考應該如何回覆郵件等。當你開始這麼做了，你早起的三十分鐘不再是用來寫作，而是用來工作了。起床之後，要克制查看郵件的衝動。

來的樂趣。

6. 倒一杯開水，專心致志開始寫作吧

給自己倒一杯開水，集中注意力開始寫作吧。用清晨的三十分鐘，開始創作，感受心流和寫作帶來的樂趣。

#白天上班，晚上挑燈寫作

如果你早上怎麼都起不來，那就只能選擇在晚上寫作了。我身邊有不少晚上挑燈寫作的朋友。簡書簽約作者沈萬九，他出版了做自己三部曲：《做一回久違的自己，勿忘初心》、《做更「耐撕」的自己》、《世界是自己的，活出你喜歡的樣子》。

他寫過一篇文章，名為〈白天五百強鉤心鬥角，晚上挑燈碼字追夢〉。他在一家世界頂級的公司工作，與此同時，在過去十年，除了上班外一直筆耕不輟，堅持創作。白天在外企工作晚上碼字的生活並沒有那麼輕鬆，要取捨，要糾結。當然，碼字和工作也是相得益彰。工作給寫作提供了更多的素材，寫作讓自己對工作進行思考和反思。這樣的生活，他持續了十年。

下班後寫作，在時間管理方面的挑戰比清晨寫作要大。首先，下班後存在各種不確定性。比如，今天老闆要求加班，或者要外出參加活動，或者有同學、同事、朋友等聚餐。各種計畫之外的事情發生。這時候寫作計畫怎麼辦？

其次，下班後有各種誘惑。比如，新出了一部電視劇，好想看；今天上班太累了，好想休息；櫃子裡總是少了一件衣服，好想去逛街……為了下班後的寫作，你要對抗各種誘惑。

再者，下班後的時間其實也不充裕，寫著寫著常常會寫到深夜，熬夜成了家常便飯，進而影響休

息，耽誤第二天上班。

有時候，晚上寫作，太興奮了，會難以入睡。寫作過程中，大腦是處於高度專注、高度興奮狀態的，有時候寫嗨了，會久久難以入眠，影響睡眠品質。

如果你選擇下班後寫作，以下是一些建議：

每天固定寫作字數：就像一直特立獨行的貓，她要求自己每天寫一千五百字，不寫完不睡覺。為了持續寫作，你也可以給自己設定每日固定寫作字數。

固定寫作時間：下班後，也可以固定寫作時間。比如，每天晚上八點～十點，在這個時間段要規避干擾，關閉社交軟體，專注寫作。

設定例外情況：晚上的時間畢竟存在很多不可控的情況，可以設置一些例外的情況，在某些情況下，免除寫作任務。

#二娃寶媽，見縫插針寫作

在我的朋友圈裡有不少二娃寶媽，除了上班，陪伴孩子，還每天堅持寫作。對於普通人來說，僅僅是上班和陪伴孩子就累得夠嗆，她們是怎麼抽出時間來寫作的？

以我的朋友發憤的草莓為例，她是二娃寶媽，大寶三歲，二寶一歲，她從二〇一五年八月開始碼字，至今已經八十多萬字，用八個月的時間出版了時間管理的書籍《現在就幹》。

二娃寶媽如何抽出時間寫作？請看發憤的草莓是怎麼做的。

發憤的草莓的碼字大多利用零零星星的時間完成，但其中「構思」的這個重要環節是重頭戲，需要相對專注而不受打擾的思考時間。最經典的做法就是「錯峰生活」。構思的環節結束後，剩下對於文章素材的蒐集、布局的構思等，都可以利用碎片化時間搞定。

重點介紹下「錯峰生活」，主要做法是利用成人和兒童睡覺的時差，具體是以下三個步驟。

1. 培養寶寶早睡

小孩所需的睡眠時間比成人長，只要我們晚上比孩子晚睡一些，早上比他早起一點，這兩段小小的時間合在一起可以有兩小時左右甚至更多。

而且這兩小時左右的時間不受打擾，足以做自己喜歡的事。如果用這段時間碼字最少都有兩三千字，足以成文。

為了比孩子晚睡，需要培養孩子早睡的習慣。發憤的草莓的寶寶不是天生就早睡的，在六七個月時，也要到晚上十點多才肯上床睡覺。小孩的習慣都是家長養出來的，家長要主動出擊，先幫他們培養好這種規律感，往後生活會自在許多。

發憤的草莓看了伊莉莎白．潘特麗（Elizabeth Pantley）的《寶寶不哭——夜間安睡秘訣》（*The No-Cry Sleep Solution*），邊看邊實踐，三天後就把寶寶的早睡時間定格下來了。

給寶寶睡覺前建立一套儀式，讓他慢慢習慣這個過程。在睡前，給寶寶洗個熱水澡，穿睡衣後，父母可以陪著寶寶在房間的床上躺著。房間裡所有的燈都關掉，可以放點適合入睡的輕音樂。正是用這種方法，發憤的草莓成功養成寶寶在晚上八九點入睡的習慣。

需要說明的是，這種方法不適合才兩三個月大的寶寶，因為他們的睡眠規律還未建立起來。

2. 比寶寶更早起

除了比寶寶晚睡一點以外，還可以通過比寶寶早起床來獲得個人專注時間。

生五個娃並且上哈佛的吉田穗波，在考試複習期間是淩晨三點起來複習的，當然，她晚上很早睡。發憤的草莓說她目前尚做不到四點起床，一般五點左右起床寫作和制訂日計畫。這段時間裡會全神貫注，如入佳境，這段時間主要用來構思文章。

3. 提前設定計劃

到這裡，你已經學會擁有自己的專屬時間。要堅持做喜歡的事還有關鍵的一步——每天計畫。

如果沒有提前設定計劃，好不容易擠出來的時間會被莫名其妙跳出來的事情填滿，如滑手機、上網淘物、流覽八卦。所以，一定要有自己的每日計畫，規劃好那些整塊的時間。這樣，等到這些專屬時間出現時，就能按部就班，循序漸進地用起來。

此外，發憤的草莓還推薦了寫作神器：藍牙鍵盤＋手機。有些家長，孩子睡覺的時候不敢開電腦，怕吵醒孩子，發憤的草莓的解決辦法是用藍牙鍵盤接上手機，這樣寫作的動靜很小，不會吵到當時還在睡覺的寶寶。

其實，問題並不是有沒有時間，而是你想不想做。只要你足夠想做一件事，你總是能夠找到時間來做這件事，對於寫作也是如此。

寫作中，時間管理其實還不是關鍵，關鍵的是精力管理。寫作是一件非常耗費精力的事情。這也是我選擇早晨寫作的原因。對我而言，白天工作一整天，到了晚上就會精力不濟，常常覺得比較累，有時無法集中注意力寫作。

有些寫作者坐在電腦前專注寫作，可能幾個小時都保持同樣的姿勢，這樣很容易出現頸椎問題。頸椎病也是作者的職業病。作為寫作者，平常更應該加強鍛煉，像村上春樹那樣，將寫作和跑步結合起來，既可以鍛煉身體，還可以通過跑步時的冥想思考寫作思路，是一舉多得的事情。

> “作為一個自媒體人，一個人要活成一支隊伍。對於自媒體寫作者而言，好文章只是第一步。文章定稿後，需要排版、配圖、發布到不同的自媒體平臺、回覆讀者留言、與粉絲互動等一系列工作。在剛起步階段，你還沒有自己的團隊，一個自媒體人是集創作、運營、行銷等職位於一身的。”

除了提升寫作能力，你還需要提升排版能力、搜索能力、社群運營能力、演講能力等。自媒體人是一項高度綜合的職位，需要你哪個方面都懂一點，也需要你一個人身兼數職。

12.3 如何面對他人的質疑

一開始寫作你聽到的質疑聲會大於掌聲。你的家人也許會不同意。上班已經這麼累了，還折騰寫作幹什麼？你還真以為自己有寫作天賦啊。家人的心是好的，他們不希望你太累。而且，一開始寫作確實看不到什麼收穫。文章閱讀量寥寥，沒有人找你約稿，也沒有任何稿費收入。家人會認為這是在做無用功。

你的朋友們也許會疏遠你。平常大家一起吃飯聊天逛街打遊戲。突然間，找你逛街沒時間，找你聊天你居然沒看過最新的電視劇，跟你簡直沒有共同語言。如果他們得知你在寫作，也許會嘲笑你，因為大家本來是一樣的，而你現在變得跟他們不一樣了。

因此，一開始的寫作之路並不是那麼順暢，你要有足夠的耐心。一方面自己的寫作水準比較差，另一方面，別人看不到你寫作的價值。這時你對寫作的熱愛及你的持續行動力就顯得尤為重要了。

“你要相信，誰都是從寫得不好慢慢變成寫得好的。當他人懷疑你時，你不需要費太多口舌去解釋，而是用自己的行動來做出回應。行動的人生不需要解釋。當有一天你的寫作給你帶來影響力；有人找你約稿、有出版社聯繫你出書，或者靠著業餘運營自媒體收入可觀時，是對那些質疑聲音的最好回應。”

還有一些學員會給我留言：「我寫的文章吐露了一些私事，不好意思讓朋友看到，怎麼辦？」文章在一定程度上會吐露內心的真實想法，如果你不想讓他人看到，要麼設置為私密文章，要麼想個筆名，不要用真實的名字發布。

一開始寫作，內心是比較脆弱的，要好好呵護這顆寫作的初心。開啟寫作之旅後要時時回想寫作的初心，不要寫著寫著就忘記了當初為什麼而出發。

剛開始寫作的人往往一開始用力過猛。比如，剛寫了一篇文章就發布在朋友圈，私信發給通訊錄裡的所有人，恨不得全世界都知道自己在寫作了。這時如果閱讀量很小，同伴的回應很冷淡，往往會自尊心受挫，甚至產生我是不是沒有寫作天賦的疑問。我經常在簡書或者公眾號收到讀者的私信或留言：「老師，你幫我看下這篇文章，為什麼閱讀量這麼低？」我點開他的主頁，發現只寫了一篇文章。

我們畢竟都不是天才，不至於寫一篇文章就一鳴驚人。那些你所看到的優秀寫作者，在你知道他們名字前已經寫了十多年了。寫一篇文章和寫一千篇文章的差距是顯而易見的。

因此，我常常建議初學者，在剛開始寫作時，可以先自己默默寫幾天，先習慣寫作狀態，再把文章發布到網路上，而不是寫了一篇就發布。當你一開始寫作時就把注意力放在有多少讀者閱讀你的文章、為什麼文章的閱讀量這麼低，你的注意力就分散了。你用來提升寫作能力的注意力就減少了。

沒有誰是可以隨隨便便成功的，別人的成功背後有著你所看不見的汗水。

第13章

如何度過寫作瓶頸期

即使是一流的作家，在寫作生涯中也會多次遇到寫作瓶頸期。很多人放棄寫作都是在寫作遇到瓶頸期的時候。他們覺得把自己掏空了，什麼都寫不出來了。

本章重點講述如何度過寫作瓶頸期，介紹五個方法幫助你順利度過。

此外，本章會分析寫作過程中遇到的各種困難：寫作愛拖延怎麼辦？寫作時痛苦地寫不下去怎麼辦？如何保持寫作的熱情？

相信我，你並不孤獨。在寫作過程中，你遇到的問題別的寫作者也會遇到。

13.1 度過寫作瓶頸期的五個方法

在寫作過程中我也多次遇到過瓶頸期。有時候會沮喪地發現，自己好像寫不出文章來了。一方面，我自己寫不出文章來，另一方面，看著別人的文章那麼受歡迎而自己卻進入了創作瓶頸期，內心更加焦急了。

遇到寫作瓶頸期是非常正常的，創作本來就是週期性的，有高潮、有低谷。那麼如何度過寫作瓶頸期？

一、在瓶頸期，最重要的是不要否定自己

不要懷疑自己的創作能力。有一段時間寫不出來是很正常。《成為作家》一書中也有提到一些間歇性作家，在寫出一部優秀的作品之後，可能會很長時間寫不出東西來。

《心靈寫作》一書的作者寫道：「從某一方面來說，每一回坐下來開始寫作我們都必須重返初寫者的心靈狀態。兩個月前我們寫了篇好文章，但這並不能擔保我們能再一次寫出佳作，這事可是說不準的。說實在的，每一回動筆，我們都在納悶自己以前到底是怎麼做到的。每一回都是一趟新的旅程，而且沒有地圖。」

每個作家都會遇到瓶頸期，甚至暫時寫不出來的時期，村上春樹也曾經歷低潮「心中僵硬得寫不出東西」，他為了能寫得更久些日復一日地堅持長跑。

但是很多作者，在遇到瓶頸期時就會開始懷疑自己，覺得自己沒有創作的天賦，乾脆放棄算了。如果因為遇到瓶頸期就放棄創作是非常可惜的，所以在這個階段，最重要的是不要否定自己。

#二、把寫作當成練習，不要停筆

即使是在瓶頸期我也不願意擱筆，一直保持寫的習慣。就像《心靈寫作》一書的作者寫的那樣：把寫作當成練習。這裡是寫作練習，和跑步一樣，越常練習，表現越佳。有興致也好，沒興致也罷，你都得練習，可不能坐等靈感來了，想跑的欲望湧現了，才開步前進。靈感和欲望絕對不會自動來報到，尤其當你身材已經變形，一直在逃避，更休想它們會來。所以，即使我寫的是一文不值、沒有人看的文章，我也要持續寫下去。我只是要保持寫的習慣，而且在寫的過程中也許靈感會降臨。

《成為作家》一書中寫道：「在你整個寫作生涯中，不論何時，只要你面臨才思枯竭的危險（即使才思最敏捷的作家也會時不時遭遇這樣的危險），記住把鉛筆盒、紙張放在你床邊的桌子上，早上醒來就開始寫作。」我發現這個方法真的很有效。是我所看過的寫作類書籍中最有效的一個方法，如果一直實踐這個方法，我覺得自己可以一直寫下去的，即使在瓶頸期也可以寫下去。

#三、降低寫作的期待

到了創作低潮期要降低寫作的期望，不要期望寫出優秀的作品。給自己一個時間段，為自己而寫，想寫什麼就寫什麼。要降低自己的期望。你可以隨便寫點心情日記，記錄生活點滴，不要期望自己寫出優秀的作品。當你心裡沒有過高的期望時，也就可以享受寫作帶來的樂趣了。

在寫心情日記的時候說不定就會有靈感激發出來。很多時候，靈感是在寫的過程中產生的。

#四、大量輸入和充電

寫作是一種輸出方式，你想要有持續不斷的輸出必須有持續的輸入。當你創作思路枯竭時，也說明你的輸入無法滿足你的輸出了。所以，每次當你覺得自己寫不出文章來時，說明你該大量提升自己的輸入。這個輸入不僅限於閱讀、看電影、參加活動等，還有很多其他的方式，例如旅行、聽別人的故事等。

當我遇到寫不出文章的時候，我就會去看書和看電影，或者找人聊天。在大量閱讀之後又會迎來新的創作高潮期。

#五、遠離或者忽視批評的聲音

處於創作瓶頸期，要遠離和忽視批評的聲音。這個時期自己很脆弱，別人的批評會給自己致命一擊，也許真的會放棄寫作，所以要儘量遠離批評。即使看到了也當作沒有看到，不要因此苛責自己。要相信自己，瓶頸期僅是暫時，終究是能夠度過的。

13.2 寫作總是拖延怎麼辦

雖然長期寫作，但有時候還是會拖延。後來發現，不少作者都會拖延。之前閱讀張愛玲的散文集，她提到常常被編輯催稿，還看過一個百萬粉絲公眾號的主筆拖延著不開始寫作的影片，發現自己跟他的行為太像了。有時候，明明知道時間不夠了，還是會各種拖延。記得有一次，週日要寫完一篇約稿的文章，於是我週日早晨就空出時間來寫作，結果一早上一會兒看看新聞，一會兒看看影片，一會兒又要洗頭髮，到了中午吃飯時間，還是沒有動筆。中午吃完飯，睡了個午覺，起床又看了一會通訊軟體及網路文章，到了下午四點還沒有動筆寫。最後以約稿拖延為主題寫了一篇文章〈明明來不及了，為什麼還要浪費時間？〉，分析了自己拖延的原因。寫完這篇文章我才進入寫作狀態，在晚上寫完了約稿文章。我總結自己寫作拖延，主要是因為以下兩個原因。

1. 逃避困難

> 我們拖延其實是逃避困難。寫一篇文章，從構思到組織語言，再到寫出初稿，然後再修改，並不是一件容易的事情。在網上看看別人寫的文章，看看八卦新聞，是多麼容易的一件事。潛意識裡害怕困難，因此寧願去做一些簡單的事情，也不願意動筆寫作。本質上就是逃避困難。

為什麼我們想要逃避困難？根源是恐懼。一方面是源自內心的恐懼，害怕自己寫不好，害怕自己犯錯，寧願不動筆，這樣就不會犯錯了。另一方面是過分在意他人評價而產生的恐懼。害怕寫完文章，編輯回覆說寫得太差，需要重新寫，也害怕讀者批評自己的文章。因此，即使時間來不及了，我們還是在浪費時間，就是為了逃避困難。

2. 給自己太高的期望

我在寫作課中常常講到，寫作時，不要給自己太大壓力，要把寫和修改分開。這樣，寫作的時候就不會因為壓力過大而不願意動筆。

可是遇到約稿的時候無形之中就會給自己增加壓力：這篇文章必須要好好寫，才能通過審核。因為對自己有這樣的心理暗示，我就不敢動筆了。打開文檔，寫了幾行字，哎呀，不行，寫得太差了，這樣的文章怎麼可能通過投稿，然後刪除。

寫寫刪刪，一小時過去還沒寫幾百字，甚至沒確定具體要寫什麼主題和故事，但時間耗費了，心裡覺得很痛苦。就像娜妲莉說的：「要是你每一回一坐下都期待著要寫偉大作品，那麼寫作帶給你的永遠只有大大的失望。此外，那份期待也會讓你遲遲無法動筆。」每次寫約稿文章都很痛苦，十有八九是因為心裡有太高的期待。

解決寫作拖延的方式

1. 五分鐘自由書寫

用五分鐘的時間把內心的恐懼暢快地寫出來，寫完之後，就能夠流暢地寫文章。

我記得之前看過一本書，有一位小說家在每次動筆寫小說之前都會先花十分鐘在紙上寫自己內心的恐懼，比如，自己寫得那麼差，居然還妄想寫小說……她把內心的恐懼完全寫出來之後才能夠開始順暢地寫作。她把那一頁撕掉，立刻進入寫小說的狀態。

我覺得這樣的方式很有效。為了排解內心的恐懼、擔憂和自責，可以用自由寫作的方式寫出來。寫完之後，心情就舒暢了很多，也就能夠集中注意力來克服困難。

2. 嬰兒學步的方式

如果你的目標是要寫一篇 10w+ 閱讀量的文章，你的寫作壓力會很大，大腦就會下意識地逃避困難。把一篇文章拆解出來，用嬰兒學步的方式來寫作。比如，先確定主題，再寫一百字的初稿等。把一篇文章拆解成一個個小步驟，從很小的步驟開始寫，這樣就不會有太大壓力。

3. 用小黑屋軟體來寫初稿

一般都是寫初稿的時候容易拖延，而且一遇到困難就會被網路上的各種資訊吸引而把寫作丟在一邊。在寫初稿的時候要對自己狠一點，用小黑屋的鎖定功能來寫作，不寫完初稿電腦就不能做任何事。這樣可以排除干擾，讓自己集中注意力寫作。

4. 完成比完美更重要

我們在構思一篇文章時，總是希望自己一遍就能寫出完美的文章，但一下筆就覺得自己寫得各種不好，因此改改刪刪，花了很長時間。我們要把「寫」和「修改」分開來，對於初稿而言，完成比完美更重要。寫完初稿再仔細地修改。

以上四個方法可以幫助你克服寫作過程的拖延，高效地寫完一篇文章。

13.3 寫作時痛苦得寫不下去怎麼辦

雖然自由寫作的時候能夠體驗到寫作帶來的快感，但寫作並不總是一件愉快的事情。寫公開的文章，尤其是寫書的過程，其實是一個痛苦的過程。

我在寫作本書時就有多次痛苦的體驗，有好幾次覺得寫不下去。有一天晚上，我修改書稿覺得改不下去，我對著書稿號啕大哭，一邊哭一邊說：「我寫不下去了，怎麼辦？」過了一會，我站起來，對著牆壁大哭。

當我很痛苦時，我想起嚴歌苓分享的一段經歷。她說「每寫一本書都會有兩到三段黑暗期，感覺再也無法完成了」。在寫《陸犯焉識》時，嚴歌苓多次在深夜跟先生一邊喝著紅酒一邊哭著說自己沒有才華了，寫不了這個東西了，怎麼自己寫得那麼臭啊？更難受的時候會用頭去撞牆。在黑暗期，她覺得《陸犯焉識》從頭到尾都是敗筆，覺得自己寫不下去了，寫完這個就江郎才盡了。那個時候在嚴歌苓看來就是「連自己都不能相信自己，柔弱到不堪一擊」。

那天晚上的痛苦感覺我至今記憶深刻。痛苦過之後第二天早晨還是要繼續寫作。但神奇的是，經過痛苦的經歷，第二天再次寫作時，彷彿有源源不斷的靈感，又可以繼續寫下去了。這種感覺，就像是久旱逢甘露，或一個不能說話的人突然可以開口說話了。那種欣喜，真是難以言表。

”當我寫不下去時，我會想起其他寫作者，我對自己說：「你並不孤獨，其他人也有類似經歷。」這也是我為什麼在本書最後分享這一段經歷的原因，就是想要告訴你，你並不孤獨。痛苦的經歷誰都會有，你要相信，每次挨過痛苦的時刻你又將迎來創作高峰，這是痛苦帶給你的饋贈。“

再說，做自己熱愛的事情並不意味著你在做這件事時都是快樂沒有痛苦的。如果你足夠熱愛一件事，你就願意承受它所帶來的痛苦，是痛並快樂著的過程。如果你足夠熱愛寫作，我相信你也願意承受這些痛苦的時刻。

這是在本書結尾時我想與你分享的。願你真正愛上寫作，愛上它帶給你的心流，也願意承受它帶給你的痛苦，這才是真愛。

13.4 如何保持寫作的熱情

寫作一段時間之後就沒有熱情了，怎麼辦？如何保持寫作的熱情，持續寫下去？

#不忘初心，方得始終

想清楚自己為什麼要寫作，在寫作過程中，時刻提醒自己寫作的初心。對我而言，寫作的初心是記錄自己的所思所想，這是我持續寫作的動力。

#尋找你的榜樣

你可以列出你最喜歡的作家，用榜樣的力量不斷激勵自己。我自己非常敬佩的作家有楊絳先生、季羨林先生、村上春樹等。

楊絳先生在九十六歲高齡時出版了《走到人生邊上》，給我非常大的感動。九十六歲高齡的人還在寫作，我有什麼理由懈怠呢？而我自己對寫作的期望也是：愛上寫作，一生筆耕不輟。一生都保持寫作的習慣。我喜歡村上春樹是因為他的耐心和韌性。除了寫作，他還是馬拉松跑者。他用獨特的方式保持著幾十年筆耕不輟，作品不斷。

你也可以去尋找自己的 role model。當你寫作遇到瓶頸時，榜樣是最好的鼓勵。

#找志同道合的夥伴一起寫作

”一個人寫作很孤獨，往往無法堅持。加入社群，與志同道合的小夥伴們一起寫作。看到別人在持續寫作，自己的積極性也會被帶動起來。“

我之所以能夠持續寫作，主要有兩點：第一，我晨起寫作，在固定的時間固定的地點每天做同一件事，養成了習慣。第二，我組織「二十一天愛上寫作訓練營」，與志同道合的小夥伴們一起寫作。一個人可以走得更快，一群人可以走得更遠。與社群小夥伴們一起寫作，看著他們對寫作的熱情，也會感染我。雖然我已經持續寫作很久，但每一次新組織一期活動，就像重新開始寫作一樣，又打滿了雞血。最後，與你分享一句話：百分之百的堅持比百分之九十八的堅持更容易實現。當你不再找藉口時，你更容易堅持下去。

結語　來吧！動手寫本屬於你自己的書

當你閱讀到這裡時，本書的閱讀旅程基本結束了。感謝你堅持到現在，看到了最後一章。我要鼓勵你開始動手寫一本屬於你自己的書。

也許，你會覺得自己的水準還不足以開始寫一本書，但我依然要鼓勵你，開始吧，寫一本屬於你自己的書。

我曾寫過這樣一段話：光陰易逝，歲月易老，何不拿起紙筆，寫一本屬於自己的書？用這本書記錄自己的喜怒哀樂，愛恨情愁，用這本書記錄自己的所思所想，柴米油鹽的平凡生活，或波瀾壯闊的傳奇人生。

這本書不一定要出版，當然能夠出版最好。這本書肯定會是你人生中最珍貴的禮物。當你寫完這本書時，一定要給自己一個大大的微笑，然後去慶祝一番。就像我即將要寫完這本書一樣，也是感慨萬千。

寫一篇文章是容易的，寫一本書是困難的，而且寫一本書的過程可能是痛苦的，無數次，你會自我懷疑，你覺得自己寫得太差了，你甚至想要放棄，感覺寫不下去了，但你還是咬牙堅持，當你挺過那些艱難時刻，看著這本書完稿時，你內心的激動心情是難以言表的。那種感覺，也許只有寫過一本書或者十月懷胎生過孩子的媽媽才能理解。寫一本書就像孕育一個孩子，看著一本書出版，就像看著自己的孩子呱呱墜地一樣。

此刻，我即將要寫完這本書，我的內心充滿了感恩和喜悅。要感謝的人很多，但有一個人必須要感謝，那就是我自己，不管多麼沮喪和痛苦，我終究是挺過來了，我終究寫完了這本書。

這本書的寫作比我想像的要困難得多，所花的時間也比我預料的要長得多。當你在寫書時，也會遇到各種困難，也會有自我懷疑，但是相信我，你並不孤單。不要被困難輕易打敗，有很多作者在寫書過程中都遇到類似困難，他們都挺過去了，你也可以，要相信自己。

希望你開啟美好的寫作之旅，也希望你能夠愛上寫作，一生筆耕不輟！我在寫作的道路上等你，讓我們一起並肩前行。

LEARN 058

從零開始學寫作：自媒體時代，人人都需要「寫作力」

作　者—弘丹
主　編—陳信宏
責任編輯—王瓊苹
行銷企畫—吳美瑤
封面設計—Ancy Pi
內頁設計—張靜怡

編輯總監—蘇清霖
董事長—趙政岷
出版者—時報文化出版企業股份有限公司
一〇八〇一九臺北市和平西路三段二四〇號三樓
發行專線—（〇二）二三〇六—六八四二
讀者服務專線—〇八〇〇—二三一—七〇五
（〇二）二三〇四—七一〇三
讀者服務傳真—（〇二）二三〇四—六八五八
郵撥—一九三四四七二四時報文化出版公司
信箱—一〇八九九臺北華江橋郵局第九九號信箱

時報悅讀網—http://www.readingtimes.com.tw
電子郵件信箱—newlife@readingtimes.com.tw
時報出版愛讀者粉絲團—https://www.facebook.com/readingtimes.2
法律顧問—理律法律事務所　陳長文律師、李念祖律師
印　刷—紘億印刷有限公司
初版一刷—二〇二一年七月十六日
初版二刷—二〇二四年五月三十一日
定　價—新臺幣三六〇元

時報文化出版公司成立於一九七五年，
一九九九年股票上櫃公開發行，二〇〇八年脫離中時集團非屬旺中，
以「尊重智慧與創意的文化事業」為信念。

從零開始學寫作：自媒體時代，人人都需要「寫作力」／弘丹著. -- 初版. -- 臺北市：時報文化出版企業股份有限公司，2021.07
288面；17×23公分. --（LEARN；58）
ISBN 978-957-13-9154-0（平裝）

1. 寫作法

811.1　　110009894

ISBN 978-957-13-9154-0
Printed in Taiwan